커피
먹는
염소

진주현

장편소설

# 커피 먹는 염소

더씨드컴퍼니

## 인간이 인간을 구원할 수 있을까

나는 늘 그것에 대한 물음표를 가지고 있었다. 언젠가는 누군 가의 한마디 말에 구원을 받기도 했고 또 언젠가는 그것과 반대 의 경우를 만나 마침표에 능숙한 인간이 되기로 단단한 결심을 하기도 했으며 결국 그 질문을 닫아 버리기도 했다. 사소한 결론 은 누구를 만나느냐에 따라 달라지는 것이며 내가 어떤 상태인 지에 따라 변하기도 했다, 라는 것뿐이었다. 하지만 이제 이것만 은 말할 수 있다. 구원의 성분이 결국은 사랑, 이라는 것을. 어떤 종류의 사랑이든 구원 속에는 꼭 들어가는 근원이라는 것을.

이 글은 '커피 먹는 염소' 가게에서 만난 제각기 다른 상처를 지닌 인간들이 조금씩 거리를 좁혀 가며 과거를 알아 가고 서로를 외면하지 않으며 느리지만 같이 미래를 향해 움직이는, 자신도 모르게 걷고 있는 치유의 의지를 지닌 발걸음에 대한 이야기이다. 낯선 이방인이었던 그들은 다른 과거의 시간을 거치고 다른 험난한 골목들과 가파른 오르막길과 다른 행복의 순간들을 가졌지만 결국은 부질없는 고독과 대면해 있는 순간의 지금에 대한 고백이다. 우연, 이라는 겉모습을 가지고 어느샌가 깊숙이 자신의 안으로 들어온 타인의 생에 대한 존중, 거짓 없는 이해, 그렇게 조금씩 섞여 가는 일상에 대한 흔하지만 외면하자면 아무것도 아닌 이야기이다. 아픈 서로가 서로를 보완해 주며 이 지상에서 다시 힘을 내야 하는 이유를 찾아내는 건 결코 우연이 아니다. 그것이 얼마나 기적 같은 일인지 아는 당신이라면 나는 낯을 가리던 내 마음을 단번에 스스로 해체하고 당신을 위해 기도하겠다. 그렇게 생겨먹은 태생이므로.

누군가는 아프지 않는 법을 연구하는 동안 나는 더 아플 방법을 모색했고 나를 더 버리기 위해 온 힘을 다해 왔다. 그렇게 온 힘을 다하자 하나의 알맹이가 툭, 튀어나왔다.

아무리 아파도 다시 사랑이 온다면, 그것이 내게 허락된다면. 다시 그것에 사로잡힌다면. 나는 이제는 그것이 그저 내가 원하는 것이 아닌 나를 필요로 하는 사랑이라는 것을 배웠으므로. 절절한 생 속으로 뛰어들 자격을 부여받은 것이므로. 그것은 나의 의지가 아닌 나의 의무이자 권리라는 것을 이제야 안다고 고백한다.

만약, 당신이 이 이야기에 손을 대고 종이를 넘기고 싶다면 이것만은 약속하겠다. 당신이 주저앉아 있다면 그 곁에 같이 오랫동안, 당신이 다시 일어날 때까지 근성 있게 한편이 되어 주겠다고. 그리고 다시 일어나 걷는 당신 뒤를 따라 나도 또 걸어갈 용기를 얻겠다고. 그러니 그런 당신이라면 주저 없이 문을 열고 '커피 먹는 염소' 가게 안으로 들어오길.

쓰러져 있던 나에게 손을 내밀던 그 누군가처럼 이제 나도 당신에게 따뜻한 커피를 건네며 말하고 싶다. 이미 에필로그를 안고 있는 프롤로그처럼. 김이 피어오르는 커피 한잔에 얼었던 손을 녹이고 다시 온기 어린 힘을 얻어 가기를 바라며 진심을 다해 특별한 눈빛을 건네겠다.

차갑지 않은 당신에게 건투, 를 빕니다.

2016년 여름과 가을 사이에
진주현

차례

내가 사랑하는 사람이
나에게 말했다.
"당신이 필요해요."

그래서 나는
정신을 차리고
길을 걷는다.
빗방울까지도 두려워하면서.
그것에 맞아 살해되어서는 안 되겠기에.


- 베르톨트 브레히트, 〈아침저녁으로 읽기 위하여〉

# 1

안개

　고독에서는 바짝 마른 감자 칩 소리가 난다. 살짝만 손대어도 부서질 것 같은 그 기가 막힌 나약함에도 위력은 있다. 나는 그저 적막하거나 막막하다는 상태에 고독이라는 이름을 붙이지 않기 위해, 그리고 묵묵한 사람의 흉내를 내기 위해 하루 대부분의 시간을 사용한다. 반죽이 잘못된 빵을 목으로 넘기는 일처럼 어렵지만 결국 모든 것은 흡수되고 아주 조금씩 건조된다. 고독하다는 것은 어쩌면 새빨간 거짓말이다. 분명 그렇겠지, 하고 여겨 버리는 타인의 눈동자처럼 믿을 수 없는 것이다.

나는 홍차에 넣을 우유를 끓이며 창밖으로 흘러가는 구름을 바라본다. 바람이 부는 것은 풍경(風磬) 소리가 알려 준다. 바람은 세 마리의 은빛 물고기를 따라 휘돌다 책상 위 물리학 책장을 살며시 몇 장 넘기고 나에게로 다가와 노란색 치맛자락에 살짝 닿는다. 홍차에 따끈한 우유를 넣으며 떨어진 설탕에 대해 생각한다. 설탕은 늘 이미 떨어졌거나 떨어지는 중이거나 떨어지기 위해 존재한다. 선반 위에 있는 모래시계를 깨뜨려 홍차에 넣고 싶은 욕망을 나는 참는다.

누군가가 내게 물었다. 도대체 고독이란 무엇입니까. 나는 대답했다. 그건 우리가 태어날 때 허파에 담아 온 공기 같은 거예요. 누군가는 더 복잡한 얼굴이 되어 어디론가 가 버렸지만 살면서 언젠가는 내 말을 기억해 낼지도 모르겠다. 어렸을 때 나는 커다란 사탕을 실수로 삼킨 적이 있었다. 사탕은 목과 가슴 중간에서 한동안 움직이지 않은 채 아주 천천히 녹았다. 살구 향은 더 이상 달콤하지 않았고 나는 처음으로 시간이라는 관념을 배웠다. 늘어난 시간은 고독했다. 숨을 쉴 때마다 허파가 아팠다. 나는 그 이야기를 해 주려고 했는데 누군가는 기다리지 않았다.

얼마 전 밤의 일이었다.

산책을 하고 집 앞 골목으로 들어서자 골목 전체가 어두웠다. 가로등이 깨져 있었다. 바닥에 흩어진 유리 조각을 피해 걸어가다 문득 집을 올려다보았다. 불을 끄고 나온 집은 침묵 속에 갇혀 고요했다. 창 안쪽에는 정말 아무것도 없는 듯했다.

창 안쪽은 깊은 심연 같았다. 창은 모든 것을 삼켜 버린 채 침묵하고 있었다. 밖에서 바라보는 내 집은 낯설었다. 집은 돌아올 사람을 오래전에 잃어버렸지만 이제는 희망 때문이 아니라 오직 움직이지 않기로 결심해 그곳을 떠나지 않는 고집스런 노파 같았다. 빛과 멀어진 채 서서히 눈을 감고 스스로 갇히기로 자청한 노파에게는 어떤 불만도 없을 것이다. 그저 창 밖에 대한 거부감과 창 안의 정체된 공기 사이에서 간신히 균형을 잡는 것이 노파가 가진 유일한 힘이다.

나는 나의 내면 밖을 떠돌고 있다. 창 안에서 밖을 바라보는 일이 타인이나 세상을 인지하는 거라면 창 밖에서 집 안을 바라보는 것도 같은 방식이어야 한다. 자신이 어디에 있든 자신의 내면과 분리되지 않은 사람들은 그렇게 하기 때문이다. 나는 토끼처럼 간교하게 거짓말을 할 수도 없다. 집에 간을 두고 왔어요. 토끼의 말이 진짜라도, 집으로 돌아가도, 가질 수 없는 것을 나는 가지고 있다. 그건 잃어버린 이 년 남짓의 기억이 아직도 어디에선가 눈을 질끈 감고 있기 때문이다.

창을 닦는 일을 나는 좋아한다. 손에 힘이 들어갈수록 창은 점점 더 투명해지고 내 얼굴은 붉게 상기되고 손등 위의 혈관들이 도드라지는 것을 보는 일이 좋았다. 그러던 어느 날이었다. 창을 닦다가 그대로 잠이 들어 버렸다. 누군가가 내 눈두덩에 가만히 손을 얹고 주문을 외운 것처럼 갑자기 잠에 빠져들었다. 그건 침대에 누워 책을 읽다가 나도 모르게 잠이 들거나 버스 창가에 앉아 있으면 스르르 밀려오는 졸음과는 다른 종류의 잠이었다. 그 일은 그 후로도 창을 닦을 때마다 어김없이 일어났다. 병원에서의 검사 결과는 기면증도 무엇도 아니었다. 조금 빈혈기가 있다는 소견이 전부였다. 약 처방전에는 앞으로 당분간은 가급적 창을 닦지 마십시오, 대신에 생소한 알약 이름만 두 개 적혀 있었다. 나는 빈혈 약을 삼키고 여전히 창을 닦았다. 처음에는 호기심이었고 거기에 오기까지 보태져 나는 창을 닦는 일을 멈추지 않았다. 내 고집만큼 잠도 포기를 몰랐다. 나는 몇 번이고 그것에 저항했다. 잠들기까지의 시간은 아마 10초가 넘지 않았을 것이다. 그 10초 동안 나는 눈을 부릅뜨지도, 손에 잡고 있던 수건을 놓지도, 책상에서 내려오지도 못한 채 무겁게 내려오는 눈꺼풀의 무게만을 생생히 느끼며 암흑 속으로 빠졌다. 더 이상한 것은 그렇게 잠에서 깨어나면 머리카락을 자르고 싶어지는 일이었다. 막강한 욕망이었다. 내 머리카락은 꿈의 숫자만큼 조금씩 짧아져 갔다. 이 기묘한 욕망도, 갑자기 뛰어드는 꿈처럼 결국 단 한 번도 이겨 내지 못했다.

이제는 그런 잠에서 깨어나면 의식적으로 시계를 보지 않는다. 시간을 도둑맞은 기분을 털어 낼 방법은 어디에도 없다. 욕실의 거울 속으로 길이가 고르지 못한 머리카락이 보인다. 저항할 마음도 없이 나는 가위로 머리카락을 조금 잘라 낸다.

방금 0.5센티미터 길이의 머리카락이 내게서 떨어져 나갔다. 만약 생이 30센티미터 길이의 자라면, 내가 잃어버린 기억의 시간은 방금 잘라 낸 머리카락보다도 짧은 길이일 것이다. 내 잃어버린 기억이 자를 만들 때 잘못되어 선 하나의 색이 너무 희미하거나 진하거나 간격이 틀려 폐기에 처해진 것과 비슷한 처지라면 차라리 나을지도 모른다. 자는 폐기될지언정 그 이유를 알고 있고 그 증거를 몸에 지니고 있다. 내 몸에도 폐기되기에 충분한 증거가 있다. 그것은 내게 승리가 아닌 그저 비대해진 물음표만을 남겼다. 나는 잃어버린 내 기억에 대한 어떤 판결도 듣지 못한 채 그저 살아남았다.

세면대 위에 떨어져 있는 머리카락은 물고기에서 떨어진 비늘 같다. 물을 틀자 비늘들은 순식간에 사라졌다.


누군가가 나에게 호기심을 숨기지 못한 채 물었다. 잃어버린 시간에 대해 어떻게 생각합니까. 나는 잠시 생각하는 척을 했다. 그리고 대답했다. 그걸 상처라고 생각하지는 않아요. 누군가는 나의 다음 말을 기다렸다. 타인의 생을 기웃거려 봤자 생의 어떤 해답도 얻을 수 없어요. 하지만 이 말은 일부러 해 주지 않았다. 내 짧은 침묵에 누군가의 얄팍한 호기심은 여름날의 물기보다 빨리 증발되었고 어깨를 한번 들썩이는 걸로 다시 자신의 생으로 돌아갔다.

작년 여름은 유난히도 더웠다. 바람을 너무 불어 넣어 터지기 일보 직전의 풍선처럼 습기는 한없이 팽창되어 있었지만 비는 좀처럼 내리지 않았다. 나는 입에 얼음을 물고 온 집안을 정처 없이 걸어 다녔다. 나는 무엇인가 말하고 싶었다. 아니, 정확히 말하자면 떠오르지 않는 단어를 발음하고 싶어 했고 그건 머릿속이 아니라 입술 가까운 안쪽에서였다. 여름의 열기와 내 입술 사이의 열기는 다른 종류의 것이었다. 겨우 오전 열 시인데 나는 하루를 거친 노동으로 보낸 사람처럼 지쳐 갔다.

여름은 지독하다. 나는 여름을 아주 싫어한다. 여름은 권태로운 얼굴을 하고 아무렇지도 않게 독설을 내뱉는 무책임한 사람의 입모양과 닮았다. 멀쩡하던 것을 망가뜨리고 어떤 이유도 말해 주지 않는다. 대신 그 침묵에, 그 무표정에 대단한 비밀이라도 있다는 듯 미세하게 상대방의 마음을 조종한다. 어쩌면 아예 처음부터 존재하지도 않은 거짓 비밀을 가장한 정체 모를 그 술수는 잠시만 눈을 맞춰도 사람의 마음을 어지럽히는 힘을 갖고 있다. 아니, 멀쩡한 여름을 거대하고 못된 거인처럼 만들어 놓고 혼자 휘둘리는 쓸데없는 능력을 가지고 있는 건 나인지도 모른다. 나의 유일한 무기는 여름의 뜨거운 입김 속에 실은 여름이 올 때쯤이면 더 높아지는 타인보다 높은 내 무기력의 수치를 숨기거나 정당화하는 것에 여름을 이용하는 것이다.

나는 남은 마지막 얼음을 입에 넣고 샤워를 하러 욕실로 들어갔다. 욕실 한구석에 걸어 놓았던 온도계는 멈춰 있었다. 초록색 바탕에 검은 선들 사이를 오르내리던 빨간 수은은 더 이상 올라갈 곳이 없다고 말하고 있었다. 여름 속에서 멈춰 버린 온도계와 이제 더는 뜨거운 입안으로 넣을 얼음도 없는 나는 더 이상 내려갈 곳 없이 서글퍼졌다. 샤워를 하지도 못하고 욕실을 나와 다시 온도계를 사러 나갈까 망설이다 결국 그만두었다.


꿈은 늘 소리로부터 시작되었다. 쉬익, 하는 소리에 귀를 기울이면 어느새 그 바람 같은 소리는 차바퀴가 굴러가는 소리로 바뀌고 내 몸은 덜컹거리는 버스 안에서 흔들리고 있다. 운전하는 염소의 머리 위에는 아주 큰 거울이 붙어 있다. 거울에 비친 버스 안은 염소들로 가득하다. 염소들은 하나같이 지루해서 못 견디겠다는 듯이 입을 쩍 벌리고 하품을 하거나 심심한 얼굴로 뿔을 만지거나 힘없이 고개를 창문에 기대기도 했지만 단 한 마리도 눈을 감거나 잠을 자는 염소는 없었다. 갈색의 눈동자들은 무심해 보이지만 그 속에는 경계심을 품고 있다. 눈매가 처진 염소도 그 안의 눈동자는 매섭고 차가웠다. 나는 곁눈질로 내 옆에 앉은 염소의 갈색과 회색이 섞인 손을 몰래 훔쳐보았다. 염소의 털에는 오래된 먼지가 뭉쳐 있다. 내 어깨와 닿은 염소의 온기가 이상하게 익숙하다. 나는 누군가를 만나러 가는 길인가, 무엇을 사러 나가는 길인가, 아니면 집으로 돌아오는 길인가. 버스에서는 한 번도 안내 방송이 나오지 않고 정차를 한 적도 없다. 그저 하염없이 빠른 속도로 어디론가 가고 있을 뿐이다. 염소들도 그저 버스가 흔들리는 대로 몸을 맡기고 있다. 가끔은 몸에서 떨어진 염소의 털이 버스 안에서 깃털처럼 날아다니다가 내 손등에 떨어지기도 하고 다시 공중으로 슬며시 솟구쳐 올라가고는 했다. 이때쯤이면 문득 꿈이라는 걸 갑자기 인식하고 잠에서 깨어나곤 했다.

하지만 이번에는 달랐다. 꿈은 계속 이어졌다.

갑자기 유리창을 강타하는 소리가 들리더니 엄청난 소나기가 내리기 시작했다. 염소들은 쌍둥이처럼 비가 오는 창가로 동시에 고개를 돌렸다. 이게 뭐야, 하늘에서 물이 흘러나와. 유난히 눈이 커다란 염소 한 마리가 심각한 얼굴로 모두에게 급박한 호외의 종이를 던지듯이 외쳤다. 그러자 다른 염소들도 세상에 이런 일이 있다니, 드디어 지구가 멸망하는 건가, 신이 노한 게 틀림없어, 라며 잔뜩 경직되어 속삭이다가 점점 소리를 지르며 몸을 덜덜 떨기 시작했다. 비는 그런 염소들의 반응에 더 신이 난 듯이 버스의 지붕과 창문에 거칠게 성난 공명을 만들어 내고 그 공명 속에서 염소들의 말들은 꼬리를 물고 물어 끝이 나지 않는 도돌이표가 붙은 악보를 든 정신없는 합창단의 노래가 되었다. 그 울림은 이상하면서도 처절한 아리아였고 타고난 몸치들이 모여 연습 한번 해 보지 못한 채 뻣뻣한 몸으로 발악하는 즉흥적인 퍼포먼스 같았다. 흥분한 염소들의 몸에서는 털이 마구 떨어지기 시작했다. 버스 천장으로 염소들의 털이 선인장의 뾰족한 가시처럼, 전쟁터에서 일제히 쏘아 올린 화살처럼 날카롭게 박히는 듯 보였다. 내 몸에도 날카로운 염소의 털들이 침처럼 박혔다. 나는 비가 오는 것뿐이잖아, 라고 말을 하려다 간신히 참았다. 나는 꿈속에서 한 번도 말을 한 적이 없었다. 그건 내 침묵이 이 꿈속의 버스 안에서 나를 지켜 준다는, 근거는 없지만 확고한 직감이었다. 염소들은 내가 존재하는지 모르는 것 같았다. 빗소리에도 저렇게 놀라는 염소들이 같은 공간에 낯선 존재가 있다는 걸 용납하거나 받아들이지는 못할 것이다. 나는 투명 인간이 되어 그들의 버스에 우연히 탑승한 불청객임에 틀림없었다. 하지만 염소들의 동요가 커질수록 내 입술도 움찔거리기 시작했다. 그건 시끄러운 염소들을 향한 말이 아니라 나를 드러내고 싶은 욕망에 가까웠다. 더 이상 참기가 힘들어 입으로 손을 올리는 순간, 내 무릎과 입술 사이의 짧은 허공 속에서 두툼하고 따뜻한 손이 내 손에 겹쳐 왔다. 그 손은 내가 수없이 훔쳐보던 낯익은 손이었다. 나는 처음으로 고개를 마주해 염소의 얼굴을 쳐다보았다. 염소는 내 손을 잡아 내리며 낮은 목소리로 속삭였다. 침묵을 지켜, 아직은 때가 아니야. 염소의 눈동자는 갈색의 눈동자를 가진 다른 염소들과는 달리 밝은 에메랄드빛이었다. 옆구리엔 낡은 바이올린을 끼고 있었다. 염소의 커다란 동공만은 내가 알던 누군가의 것이었지만 기억이 나지 않는다.

비는 점점 더 거세졌다. 비가 거세질수록 이상하게 버스는 속도를 더 올리며 달린다. 운전사 염소와 내 옆의 염소만이 의연했다. 점점 더 무거워지는 빗방울과 버스의 엄청난 속도가 같이 최고조에 이르자 이제는 나까지 두려워지기 시작했다. 내 옆의 염소는 다른 염소들을 슬쩍 둘러보더니 품 안에서 무언가를 꺼내 내 팔 사이로 밀어 넣었다. 나는 얇고 딱딱한 그것을 떨어뜨리지 않기 위해 어깨를 움츠렸다. 염소는 기다란 속눈썹을 세 번 깜빡이고 말했다. 잊지 마, 지금 맞춰 놓은 미온의 온도를 유지해.

버스 안의 염소들은 이제 공포를 지나 공황 상태가 되어 자리에서 일어나기도 하고 바닥에 주저앉아 손바닥으로 뿔을 감싸기도 하고 서로 얼싸안기도 하며 괴성을 질러 대고 있었다. 그 틈을 타서 내 곁의 염소는 은밀한 목소리로 다시 속삭였다. 한 번씩 안개가 녹는 날이 올 거야. 그때의 네가 진짜니 두려워하지 마.

그 말이 끝나는 것과 동시에 비는 조금씩 잠잠해지기 시작했다. 버스의 속도도 잦아드는 비에 맞춰 느려지자 털이 곤두서고 한껏 볼이 붉어져 몸을 떨던 염소들도 조금씩 안정을 되찾아 갔다. 그렇게 몇 분이 더 지나자 버스는 처음으로 어딘가에 멈췄다. 안내 방송은 없었다. 운전사 염소가 허스키한 목소리로 외쳤다. 도착! 도착! 버스 문은 백 년 만에 처음 열리는 것처럼 뻑뻑한 소리를 내며 천천히 열렸다. 염소들은 똑같은 동작으로 일어나 차례로 버스에서 내리기 시작했다. 마지막 염소가 내린 뒤 운전사 염소가 거울을 위를 향해 접고 시동을 완전히 끄고 내리자 바이올린을 두른 염소는 그제야 자리에서 일어났다. 열린 문으로 발을 옮기기 전 잠시 나를 가만히 쳐다보았다. 역시 내가 알던 눈동자가 맞다. 하지만 애달픈 기분과는 달리 아무것도 떠오르지 않는다. 나도 버스에서 내렸다. 염소들은 한 무리가 되어 어디론가 걸어가기 시작했고 잠시 뒤떨어져 걷던 바이올린 염소도 어느새 그 무리에 섞여 들었다. 먼지가 불어와 그들을 구분할 수가 없다. 나는 팔 사이에 끼워져 있던 것을 꺼내 보았다. 그건 초록색의 온도계였다. 온도계에 달라붙어 있던 진한 회색 털 몇 가닥이 불어오는 바람에 날아갔다. 나는 온도계를 다시 품에 넣고 염소들과 반대 방향으로 무작정 걷기 시작했다.

길고 긴 잠에서 깨어났다. 귓가에는 여전히 거센 빗줄기 소리가 남아 있었다. 욕실로 들어가 뜨거운 물을 틀었다. 욕조에 몸을 기대고 숨을 고르며 한참을 앉아 있다 욕조 안으로 들어갔다. 창을 닦다 찾아온 꿈은 기억나기도, 기억나지 않기도 했다. 하지만 언제부터인가 이 염소의 꿈만은 계속되었고 오늘은 예전 꿈에 새로운 장면이 보태졌다. 욕실은 연기를 피워 내는 동굴처럼 조금씩 변해 갔다. 욕조 속의 물이 내 가슴 언저리까지 잠기자 나는 참지 못하고 일어나 거울 앞에 섰다. 거울은 불투명한 벽으로 변해 나를 비추지 못한다. 나는 이 동굴이 사라지기 전에 숨을 수 있는, 숨고 싶은, 숨 쉬고 싶은 나를 꺼낸다. 거울의 유리에 손가락을 가져간다.

익숙한 것을 파괴해야만 살아갈 수 있어.

있어, 라는 글자를 쓰기 시작하자 익숙한, 이 다시 김에 덮이고 있다. 나는 다시 익숙한, 을 쓰고 것을, 거쳐 파괴를 서둘러 덧칠한다. 해야만, 을 쓰는 동안 익, 이 또 희미해지고 살아갈 수, 에 손을 대자 파괴, 가 파괴되며 그 사이에 사라지고 있다. 나는 있어, 를 한 번 더 쓰고 마지막으로 손가락에 힘을 주어 마침표를 찍었다. 그리고 가만히 기다리자 모든 글자는 순식간에 감쪽같이 없어졌다. 그리고 그것은 내 안으로 완벽하게 들어왔다. 나는 서랍장을 열고 가위를 든다. 내 머리카락은 조금 더 짧아졌다. 나는 다시 낯선 곳으로 떠나기로 마음먹었다.

왜 갑자기 이사를 해? 무슨 일 있어?
남동생은 짐 정리를 도와주며 물었다.
그냥.
해 줄 마땅한 대답이 없었다.
앗, 이거.
남동생이 들고 있는 건 오르골이었다. 둥근 모양의 오르골 안에서는 붉은색 지붕 위에 여자아이와 고양이가 나란히 앉아 있었다. 그리고 형광으로 만들어진 하얗고 반짝거리는 아카시아 잎들이 바닥에 가라앉아 있었다. 남동생은 신기한 얼굴로 오르골을 이리저리 뒤집어 본다.
이 오르골, 누나 생일에 엄마가 준 거 맞지?

응. 기억해?

아니. 예전에 누나가 말해 줘서 알았지.

남동생이 오르골을 흔들자 아카시아 잎들이 둥근 공간 안에서 최대한 오르락내리락 휘날리며 여자아이와 고양이를 감쌌다. 나는 오르골의 유리를 깨 버리고 싶었다. 인위적인 꽃잎이 날리는 오르골 안에 갇혀 버린 여자아이와 고양이를 꺼내 주고 싶었다. 하지만 여자아이와 고양이에게는 그 답답해 보이는 공간이 숨 쉬고 존재할 수 있는 유일한 세상일지도 모른다. 남동생이 오르골 뒤쪽에 달린 태엽을 감자 음악이 흘러나왔다. 어린아이의 자장가 같은 멜로디가 어지러운 기시감을 몰고 왔다. 어떤 일이 일어나기 전에 임의로 주어진 달콤하고 황홀한 시간. 결국 어느 시점에서 멈춰진 시간. 이제는 과거라는 이름으로 바뀐 잃어버린 시간. 다시는 예전과 같지 않을 거라는 확고한 암시를 외면하고 싶었던 감정의 고요하지만 무시무시한 귀환.

나는 오르골의 유래를 안다. 오르골은 시간을 자동으로 알려 주는 중세 교회의 시계탑에서 유래되었다고 한다. 오르골의 태엽을 감고 또 감는 인간의 손가락에는 흘러가는 시간을 되돌리고 싶은, 영원의 영역에 대한 간절한 소망과 아름다운 순간이나 장면을 봉인하고 싶은 서글픈 최면이 감겨 있는 것이 아닐까. 하지만 시계탑의 종소리는 신을 대신해서 아직도 사람들에게 말하고 있다. 또 한 시간이 지났습니다. 시간은 쉬지 않고 가고 있습니다. 끝은 곧 도래합니다. 잊지 마십시오. 시계탑의 종소리가 신이 쥐고 있는 강력한 창이라면 오르골은 나약한 인간의 방패이다. 지금 내가 오르골을 깨지 못하는 이유는 두 가지다. 하나는 아마 오르골 속의 형광 가루는 세상 밖으로 나오면 떨어지지 않고 오랫동안 여기저기에 붙어 끈적거리며 갈 곳을 잃게 한 나를 원망할 것 같기 때문이다. 그리고 다른 하나의 이유는 이 아카시아 오르골은 엄마가 내 열 번째 생일에 주었던, 엄마에게 받은 마지막 선물이기 때문이다.

나는 다시 책상으로 돌아와 물리학 책을 폈다.

밀크티를 마시며 처음 이곳으로 이사 온 날을 떠올렸다.

이사는 했지만 창을 닦고 갑자기 잠이 들고 염소의 꿈이 반복되는 것이 장소의 문제가 아니라는 건 확인해 볼 필요도 없는 일이었다. 그래도 혹시, 라는 미약한 기대감이 전혀 없었다면 거짓말이겠지만 나는 이곳으로 이사를 한 이유를 계속 되뇌었다. 창을 닦아야 하는 의무감과 피하고 싶은 심정 사이를 수도 없이 오가는 마음의 요동을 창을 닦을 수 있다는 용기로 바꾸기 위해, 또 만약 똑같은 일이 생기면 그다음에는 도대체 어떻게 해야 할지 생각하지 않기 위해 일부러 천천히 짐을 정리했다.

그리고 결국 나는 창 앞에 섰다. 그동안의 이상한 일들을 겪으며 내성이 생길 법도 한데 심장은 미친 듯이 달리기 시작하고 긴장감은 그 박자에 맞춰 고조되고 있다. 새로운 창은 다른 세계로 들어가는 미지의 문처럼 보였다. 나는 심호흡을 크게 한 번 하고 수건에 세제를 뿌리고 창으로 다가갔다. 내 생의 유일한 실험 대상이 나라는 것이 더없이 고독하다.

나는 매일 창을 닦는다. 그 모든 것을 가능하게 한 건 이사 온 첫날의 일 덕분이었다. 한 시간이 넘게 창을 닦아도 잠은 달려들지 않았다. 그다음 날도 마찬가지였다. 그리고 그 갑작스러웠던 잠은 반복되던 염소의 꿈과 머리카락을 자르고 싶은 욕망까지 한꺼번에 품에 안고 거짓말처럼 나에게서 떠나갔다. 다행이라는 마음과 동시에 그건 그런 일이 처음 생겼을 때와는 또 다른 의미로 강렬한 충격이었다. 나는 매일 물리학 책을 필사한다. 이사를 올 때 남동생이 장난처럼 이거나 가져가, 하며 주었던 두꺼운 물리학 책이다. 이해가 되지 않는 법칙일수록 내게는 유용했다. 필사적으로 물리학 책을 필사하고 정성 들여 밀크티를 만들고 다시는 시간을 잃어버리지 않기 위해 방법도 모르면서 애쓰고 있는 나는 사실은 아직 두려운지도 모른다. 창을 닦다가도 손목의 신경들이 곤두서며 급격히 힘이 풀리고 밤이 오면 누군가 내 베개 속에 염소의 꿈을 꾸지 않게 몰래 넣어 놓은 부적이 있다고 상상하고 악몽을 꾼 날 아침이면 마치 아름다운 꿈이 기억이 나지 않아 일어나지 못하는 것으로 나는 내 무기력을 둔갑시킨다. 하지만 누군가가 시간이란 무엇입니까, 라고 내게 묻는다면 이제 나는 두꺼운 물리학 책만큼이나 필사로 묵직해지고 있는 노트를 보여 주면 될 것이다.

남편은 마중을 나간 내게 주머니 속에서 무언가를 꺼내 내 손바닥에 살짝 올려놓았다. 갈색의 투박한 종이를 펼치자 그 안에는 진한 보라색의 말린 잎들이 가득 들어 있었다.

팬지 잎은 사람의 심장 모양과 닮아서 차로 끓여 마시면 심장에 좋대.

집으로 돌아와 투명한 유리병 속에 조심스레 팬지 잎을 넣었다.

팬지는 프랑스어로 팡세인데 그건 깊은 사색이나 명상을 의미한대. 그리고 유럽에서는 팬지가 '턱수염이 있는 고양이'라고 불린다고 하네. 재미있는 표현이야. 언어가 다르면 사물을 보는 방식도 달라지는 걸까.

남편은 무엇이든 서두르는 법이 없었다. 무언가를 말로 확인받는 사람이 아니어서 나는 안도했는지도 모른다. 모르겠어요,

라고 말을 해도 자신이 원하는 것에 근접한 어떤 답이라도 요구하거나 기다리는 눈빛을 본 적이 없다. 이곳에 이사를 오고 얼마 되지 않아 만난 그와 나는 결혼, 이라는 것을 해 버렸다.

좋아하지만 사랑까지는 아니에요. 그래도 괜찮다면.

내 말에 그는 좋다고 했고 그건 우리가 만난 지 4개월 만의 일이었다.

한 가지 더. 나는 한동안의 기억이 없어요. 그리고 아직 찾지 못했어요. 그래도 괜찮다면.

내 고백에 그는 또다시 좋다고 했다.

나는 마지막으로 나도 해명할 수 없는 내 몸에 새겨진 두 가지 중 하나의 증표를 내밀어 그에게 보여 주었다. 그가 등을 돌려 내게서 도망갈 타당한 이유를 주고 싶었다. 어쩌면 그가 뒤돌아서기를 바라는 마음도 있었다. 그건 내가 타인에 대해 버리지 못한 경계심이자 이런 상황에서는 당연히 행해야 하는 예의였다. 그는 내가 내민 하나의 증표를 한참 보더니 이번에는 말 대신에 고개를 한 번 굳게 끄덕였다. 그래도 나머지 하나의 증표가 남아 있었다. 그건 말로 대신했다. 그는 말없이 내 손을 잡았다. 나는 그저 생이 지루하다고 느꼈고 4개월이 서로를 알기에 충분한 시간은 아니지만 시간은 어차피 서로가 다르다는 것을 확인시켜 주는 일이라고 생각했던 나도 망설이지 않았다. 게다가 그는 내가 지금 살고 있는 집에서 떠나기 싫다는 요구까지 들어주었다. 결혼을 하고 두 달쯤 후, 나와의 결혼이 자신의 생에서 유일하게 서두른 일이라며 남편은 웃었다.

남편은 정성스럽게 오랫동안 끓인 물을 거름망 위에 놓인 팬지 잎에 천천히 부었다. 말린 팬지 잎은 마치 뿌리가 있는 살아 있는 꽃잎처럼 만개하며 서서히 엷은 붉은색의 차가 되었다. 향은 특별히 없었지만 한 모금 마시자 금세 가슴이 따뜻해지고 거름망 위의 팬지 잎은 우려낼 때마다 더 색이 진해졌다.


그날 밤, 처음으로 안개가 찾아왔다.

남편의 손은 섬세하다. 팬지 잎 차를 마시며 남편이 사 온 와플에 내가 만들어 놓은 초콜릿을 바르는 모습을 보는 일은 즐겁기까지 했다. 와플의 한쪽에 꼼꼼히 초콜릿을 바르는 그 손동작은 아름답다. 끈적거리는 초콜릿은 얌전하게 한 방울도 떨어지지 않고 정확하게 와플에 흡수되고 와플은 데칼코마니처럼 접히며 완전한 하나가 된다. 남편은 내게 두 번째 와플을 건네며 창밖을 보며 말했다.

안개가 끼네.

**한번씩 안개가 녹는 날이 올 거야.**

손에 들고 있던 와플을 바닥으로 떨어뜨리자 남편은 나의 안

색을 보고 놀랐다.

왜 그래, 어디가 안 좋아?

그냥 갑자기 기분이 이상해서.

나는 간신히 남편에게 창을 닫아 달라고 부탁했다. 남편이 창을 닫은 순간은 안개가 집 안으로 들어오기 바로 직전이었다. 남편은 나를 침대에 눕히고 걱정스러운 얼굴로 내 이마를 만져 보고 있다. 그것을 나는 자신이 아닌 다른 누군가가 되어 바라보고 있다. 안개가 짙어질수록 나의 시간은 점점 더 뒤로 흘러간다. 온도계가 고장 났던 그날처럼 내 입술은 다시 무언가 말하고 싶어 했다. 하지만 이번엔 입술 근처가 아니라 시간이 지나 와플이 완전히 소화되어도 닿지 않을 더 깊은 곳에서였다. 생전 처음 본 고대의 언어를 보자마자 그냥 읽을 수 있는 것처럼 나는 안다. 무언가가 다시 시작되고 있다는 것을, 그것이 나를 또 어디론가 데려가고 싶어 한다는 것을, 그것이 무엇이든 내 저항은 결국 또 아무 소용도 없을 거라는 것을, 갑자기 멈춘 그전의 일들도 그들의 결정이지 나의 거부나 의지가 아니었다는 것을.

갑자기 내 입이 벌어지기 시작했다. 말이 흘러나온다. 그 말의 구토가 입가로 흐르고 끈적이지만 나는 갑자기 귀머거리라도 된 듯이 아무 말도 들리지 않는다. 남편은 내 옆에서 가만히 내 이야기를 듣고 있다. 나는 내가 하는 말이 남편의 귀로 들어가는 것을 보고 있지만 내 목소리는 여전히 내게 들리지 않는다. 나는 더할 수 없이 두려워졌다. 나는 눈도 없고 코도 없는, 그저 입이라는 자리를 빌린 거대하고 검은 구멍으로 변해 간다. 그리고 남편은 겁도 없이 그 어두운 구멍 속을 들여다본다. 거기까지가 나의 기억이었다.

아침에 일어나자 남편은 이미 출근을 하고 내가 할 일은 아무것도 없었다. 와플에서 떨어진 부스러기들과 거름망 위에서 말라 쪼그라든 팬지 잎 차를 치우는 게 전부였다.

저녁에 집으로 돌아온 남편은 표정 하나 달라지지 않고 보통 때와 같았다.

내가 무슨 이야기를 한 거예요? 난 기억이 나질 않아요.

나는 마치 이 모든 일이 남편 탓인 듯 화가 나서 견딜 수가 없었다.

원한다면 다 말해 줄게. 별 이야기는 아니었어.

잠시 후 남편이 만들어 온 팬지 잎 차를 한잔 마시자 나는 아무것도 알고 싶지 않았다. 남편의 기억은 무사하니 언제든 내가 요구한다면 말해 줄 것이다. 내가 모르는 나의 이야기를.


누군가가 말했다. 습관은 사라지지 않을 테니 그것에 희망을 걸어 봅시다. 습관이라는 말은 처음 듣는 말처럼 낯설었고 희망이라는 말은 불가능하다는 것을 돌려 말하는 것처럼 들렸다. 무슨 말이든 귀 기울여 주겠다는 그 눈빛의 반은 그가 가진 직업의 의무적인 진심이었고 나머지 반은 내 말문이 트이기를 기다리다 지친 피곤을 감추지 못하고 있었다. 내가 알아차리지 못하게 벽에 걸린 시계를 슬쩍 쳐다보는 것이 누군가의 숨기지 못하는 습관이었고 작게 내쉬는 한숨만이 유일하게 정직했다. 습관을 다 모으면 그게 나인가요. 누군가는 내 말에 필요 이상으로 크게 고개를 끄덕였다. 그리고 확신에 찬 목소리로 힘을 주어 말했다. 그럼요, 그럼요, 그게 시작이에요. 나는 다시 입을 닫았고 누군가와의 정해진 시간은 그렇게 끝이 났다. 밖에서는 남동생이 나를 기다리고 있었다.

산책하자.

내 어깨에 올린 남동생의 손은 익숙하고 단단하다. 내가 아는 습관은 이런 것이다.


안개는 한 달에 한 번 정도 찾아왔다.

굳이 일기예보를 보지 않아도 안개의 징조를 알 수 있었다. 안개가 가끔씩 생기는 것은 전혀 이상한 일도 아니고 처음 있는 자연현상도 아닌데 안개가 끼기 전부터 나는 유난히 불안하고 예민해졌다. 갑자기 잠에서 깨어난 새벽에는 어김없이 멀리서 안개가 다가오고 있었다. 나는 절망하며 열려 있는 창문들을 서둘러 닫고 잠이 든 남편 옆으로 바짝 붙어 다시 잠을 청했다. 하지만 나는 잠들지 못하고 버스 안의 염소들을 떠올렸다. 그 염소들은 정말로 그때 처음으로 비를 본 것이라고 이제야 진심으로 믿어졌다. 하지만 나는 안개를 처음 본 것도 아니니 나중에라도 나를 믿어 줄 사람은 없을 것이다. 나는 그때의 염소들처럼 떨었다. 그건 안개 자체가 무서워서가 아니라 내가 염소의 심정에 나를 억지로라도 끼워 넣을 수 없다는 것을, 결론적인 반응만 비슷할 뿐 실은 본질이 다른 일이라는 것을 알기 때문이었다. 남편은 잠결에도 나를 꼭 안아 주었지만 나는 안개의 냄새만을 전문으로 감지하는 동물이 된 것 같았다. 나는 이불 속으로 몸을 더 웅크리는 것밖에는 아무것도 할 수 없었다. 안개가 끼는 날마다 첫날처럼 같은 일이 반복되었다. 안개는 내 입술을 벌려 무언가를 남편에게 전하지만 내게는 알려 주지 않는다. 그리고 남편이 곤히 자고 있으면 내 입은 벌어지기만 할 뿐 아무것도 내뱉지 않는다. 반복되던 꿈들은 사라졌지만 같은 조종자 *나는 더 이상의 다른 호칭을 찾을 수가 없다.* 가 노선만 바뀌었다는 것을 나는 안다. 안개는 매번 조금씩 강도만 달랐고 남편은 똑같았고 달라진 게 있다면 이제 내 머리카락이 길게 자랐다는 것이었다. 그건 완전한 마침표가 아니라 다음 단계로 가기 위한 쉼표의 기간만을 내 몸에 측정해 놓은 유일한 증거이다.

언젠가부터 안개가 끼지 않는 날이 계속되었다.

나는 자주 창밖을 살폈다. 안개가 끼는 날마다 표시를 해 두었던 동그라미는 석 달 전에 멈춰 있다. 마지막일 것 같은 봄비가 몇 번 내리고 나자 본격적인 여름이 시작되었다. 나는 물리학 책을 필사하는 일에 더 매달렸지만 전혀 집중하지 못했다. 찻잔이나 접시를 잡다 손이 자꾸 미끄러져 손가락은 반창고투성이가 되고 미열이 계속되어 몇 번이나 체온을 재어 봐도 늘 정상이고 장을 보다 괜스레 와플 가게 앞을 서성거리는 일이 늘어나자 결국 나는 슬퍼졌다.

슬픔은 딸꾹질 같은 것이다. 갑자기 찾아와 잊고 있었다는 듯이 시간을 또박또박 정확하게 나눈다. 시간이 초 단위로 나뉘면 하루는 더 이상 24시간이 아니다. 240시간도 아니다. 1초속으로 무수한 선들이 그어지면 계산기 따위를 잡을 힘도 없다. 늘어나기만 하는 곱셈은 한번 시작되면 멈추지를 않고 스타카토처럼 튕기며 더 많은 선들을 만들어 낸다. 아무리 물을 마셔도 소용없다. 창밖을 보고 달력을 보고 설탕이 줄어 가는 것을 본다. 내 몸은 조금씩 말라 가고 내 입 속은 점점 더 살쪄 갔다.

깊은 밤이었다.

TV에서는 멸종 위기에 처한 동물들에 대한 다큐멘터리가 방송되고 있었다. 아마존 지역 개발로 살 곳이 없어진 분홍돌고래를 시작으로 북극에 살고 있는 하프물범의 사연이 소개되었다. 물범의 털로 모피를 만들려는 사람들은 도대체 어떻게 생겨먹은 영혼을 가진 인간들일까. 어린아이처럼 뒹굴며 장난을 치는 하프물범의 맑은 눈동자를 보니 슬프다 못해 분노가 치밀었다. 남편은 갑자기 일어나더니 냉장고에서 맥주 두 캔을 가져왔다. 우리는 벌컥거리며 맥주를 마셨다. 화면은 레서판다가 나무를 타는 장면으로 바뀌었다. 레서판다는 무분별한 밀렵으로 인해 이제는 동물원에서도 거의 찾아볼 수가 없어졌다고 한다. 남편과 나는 차례로 화면 왼쪽 위에 쓰여 있는 후원 번호를 눌렀다. 다큐멘터리는 어떤 대책도 없이 끝났다. 우리는 둘 다 꺼진 TV 앞에서 맥주 한 캔씩을 더 마셨다.

멸종 위기에 처한 동물이 이렇게 많은지 몰랐어요.

나는 몸을 뒤척이며 말했다.

혹시 듀공을 알아?

남편은 손으로 내 머리를 부드럽게 쓰다듬으며 물었다.

인어랑 비슷한 큰 물고기 말이에요?

응. 그런데 듀공은 오 분에 한 번씩 숨을 쉬러 물 위로 올라와야 해서 불면증이 있다고 해.

처음 듣는 이야기였다.

그럼 불면증 때문에도 멸종될 수 있나.

내 말에 남편은 나지막이 웃었다.

그건 아닐 거야. 힘든 일인 것만은 틀림없지만.

나는 잠이 들 만하면 숨이 가빠져 바다 위로 올라오는 듀공의 고달픈 심정을 상상했다. 어쩌면 듀공은 오 분마다 슬퍼질지도 모르겠다. 듀공에게 오 분은 인간의 시간과는 달리 오십 분이나 다섯 시간의 길이이길 나는 간절히 바랐다. 잠을 이루지 못하고 창을 보자 촘촘히 별이 더 생겨나고 있었다.


며칠 후였다. 반쯤 열어 놓은 창으로 가벼운 비가 간간이 들이쳤다. 남편은 며칠 전에 만들어 놓은 미역냉국을 후루룩, 소리를 내며 맛있게 먹으며 말했다.

내일, 갑자기 출장이 잡혔어. 모레 돌아올 거야. 괜찮지?

응. 단 하룻밤인데 뭘.

나는 최대한 힘을 내어 말했다.


다음 날, 남편은 긴 인사를 하고 집을 나섰다.

나는 식탁에 앉아 밀크티를 마시며 장 볼 목록을 작성했다. 일부러 손이 많이 가는 김치와 반찬을 만들기로 했다. 남편이 좋아하는 오이김치를 담그고 우엉조림과 콩자반을 만들면 반나절은 훌쩍 지나갈 것이다. 하지만 오늘 밤에는 남편이 돌아오지 않는다고 생각하니 역시 조금 쓸쓸해졌다. 째깍거리는 시계 소리가 오늘따라 자꾸 귀에 거슬려 브람스의 바이올린 협주곡 볼륨을 더 높였다. 밀크티를 한 잔 더 진하게 탔다. 설탕이 얼마 남지 않았다. 종이에 마지막으로 설탕, 이라고 적어 넣는다.

누군가가 말했다. 모든 것을 다 기억하고 사는 사람들이 있을까요. 만약 나쁜 일이 있어서 기억하지 못한다면 어떤 의미로는 축복 아닐까요. 톤이 높은 그 목소리에서 나는 타인에게 설교하고 싶어 어쩔 줄 모르는 고질적인 욕망을 보았다. 설교는 열정적으로 이어졌다. 사람들은 결국 다 비슷한 거예요. 비슷한 아픔, 비슷한 감정, 비슷한 경험과 반응. 그러니 당신이 기억을 잃었다고 해서 특별한 사람은 아니라는 거지요. 아, 오해는 말아요. 좋은 의미로 하는 말이니까. 하지만 나라도 아마 당신처럼 힘들 거예요. 누군가는 자신의 말에 도취되어 자기가 내뱉는 말에 스스로 동의를 하듯 고개를 끄덕거리며 정작 자신이 나와는 눈도 한 번 맞추지 않았다는 것도 몰랐다. 그리고 나를 이해한다고 덧붙였다. 나는 그 말이 끝나자마자 틈을 두지 않고 말했다. 아니요,

그건 이해가 아니에요. 이해한다는 말은 그렇게 쉽게 쓰는 게 아니에요. 누군가를 정말로 이해할 때는 말이 필요 없어요. 그리고 우리가 비슷하다고 말하지 말아요. 우리는 전혀 달라요. 내가 기억을 잃었기 때문이 아니라 당신에게는 타인에 대한 상상력이 없기 때문이에요. 누군가는 잠시 이해로 가장했던 탐욕스러운 눈동자에 실패를 담지 않기 위해 애를 쓰느라 파르르 떨며 멀어져 갔다.

시장에 다녀오자 시간은 오후로 접어들었다. 오이들을 소금에 절여 놓고 우엉 껍질을 벗겨 식초 물에 담가 두자 남편에게 전화가 왔다.

필사 중이야?

아니요. 시장에 다녀왔어요. 오이도 사고 설탕도 사고.

남편이 껄껄 웃는 소리가 들리자 보고 싶어진다.

오이김치 빨리 먹고 싶네.

내일 돌아오면 같이 먹어요.

전화를 끊고 나는 작은 파를 가지런히 썰고 콩을 물에 담가 불리기 시작했다. 머릿속으로 끊임없이 한 가지의 일이 끝나기 전에 다음 일의 순서를 정해 늘어놓으며 시간 속의 나를 촘촘하게 만든다. 모순이지만 생각을 하지 않기 위한 방법을 생각하는 것이다. 자신에게 어떤 틈도 주지 않기 위해, 오늘 하루를 의연히 보내기 위해, 그러다 보면 흉내가 아니라 정말로 묵묵한 사람이 될 수도 있다는 것을 스스로 믿기 위해. 누군가가 이 광경을 본다면 기본적인 동선도 모르는 초보 배우가 틀림없다고 말할 게 분명할 정도로 나는 정신없이 이리저리로 움직이고 있다. 물에 넣어 놓은 콩을 가끔 포크로 찔러 보고 우엉을 삶기 위해 물을 끓인다. 그리고 새로 사 온 설탕을 꺼내 유리병에 대고 채워 넣기 시작했다. 설탕 가루는 사막의 모래처럼 부드럽게 유리병 속으로 떨어졌다.

그때였다. 설탕이 유리병 속으로 반쯤 들어갔을 때 갑자기 잠이 몰려들었다. 바로 그 잠이었다. 이곳에 정착하고 나서는 중단되었지만 결코 잊을 수는 없는 그 익숙하고도 동시에 낯설고 언짢은 느낌의 잠. 내가 주체가 되지 못하는 시간이 또다시 닥친 것이다. 이 잠은 창을 닦을 때만 찾아왔고 이곳으로 온 후로는 완벽히 사라졌던 터라 순간 나는 무언가 더, 아주 잘못되었다는 것을 감지했다. 잠은 그 어느 때보다 막강했다. 서서히 감기는 눈으로 물에 담가 놓은 콩이 마구 부풀어 오르는 것이 보이고 귀에서는 설탕이 유리병 밖으로 흘러 바닥으로 떨어지는 소리가 천둥처럼 크게 들린다. 나는 분명히 설탕을 유리병에 담고 있던 중이었다. 나는 있는 힘을 다해 휘청거리며 걸어가 간신히 가스 불을 껐다. 그것은 10초도 아닌 5초 정도의 시간이었다.

잠에서 깨어난 것은 저녁과 밤 사이였다.

설탕은 마치 길을 잃지 않기 위해 몰래 뿌려 놓은 밀가루처럼 유리병에서 식탁 위를 지나 바닥으로 흩어져 있었다. 오이는 너무 절여져 쪼그라들었고 물을 다 흡수해 버린 콩들은 그릇 속에서 까만 공처럼 커져 껍질들이 모두 떨어져 있었고 잘라 놓은 파들은 도마 위에서 종이처럼 말라 시들어 있었다. 브람스의 바이올린 협주곡은 자동으로 리플레이 되어 여전히 예민하고 격정적으로 흐르고 있었다. 나는 내가 다시 항복했다는 자괴감과 다시 돌아온 염소의 꿈과 펄떡이는 내 심장 소리와 함께 바닥에 누워 있다. 나는 줄이 끊어진 바이올린 같다. 너무 낡아 조율이 불가능한 피아노 같다. 단조로만 이뤄진 악보를 받고 온 힘을 다해 연주하는, 아무도 모르는 미쳐 버린 천재 같다. 숨소리는 가라앉기는커녕 점점 더 거칠어지고 빨라진다. 숨 쉬기가 힘들다. 모든 것이 과호흡이 되어 나를 삼키고 있다. 그래도 나는 살기 위해 내가 뱉은 공기를 다시 들이마셔야 한다.

팬지 잎은 심장에 좋아.

간신히 몸을 일으켜 물을 제대로 끓이지도 못한 채 팬지 잎 차를 만든다. 미지근한 팬지 잎 차를 두 모금 만에 심장에 쏟어

넣었다. 나는 이미 알고 있었다. 어디선가 안개가 시작되어 이곳으로 오고 있다는 것을. 정확히 말하자면 나에게로 오고 있다는 것을. 나를 찾고 있다는 것을. 예기치 못한 오늘의 잠은 안개의 강력한 전조였다. 안개는 오늘을 기다렸다. 안개는 안다. 안개는 알고 있다. 오늘 밤 이 집에는, 아니 내게는 와플도, 초콜릿도, 그리고 남편도 없다는 것을.

나는 서둘러 집 안의 모든 창을 닫았다. 어느새 어둑해진 집 안의 모든 불을 켜고 크게 요동치는 내 심장 소리를 들키지 않도록 음악의 볼륨을 조금 더 높였다. 다시 가스 불을 켜 우엉을 삶고 냄비에 옮겨 조리며 그나마 덜 쪼그라든 오이에 십자 모양으로 칼집을 내고 물기를 다 흡수한 콩은 음식물 쓰레기봉투에 담았다. 내 부들거리는 손은 얼떨결에 살인을 저지르고 본능적으로 증거를 인멸하고 있는 범죄자처럼 움직였다. 나는 마스크를 하고 모자를 눌러쓰고 문을 최대한 빠르고 좁게 열고 나가 숨을 참으며 최대한 빨리 콩들을 음식물 쓰레기통에 유기하고 얼른 집 안으로 들어왔다. 그리고 아무 일도 없었다는 듯이 냉장고에서 새로 파를 꺼내 자르고 오이 속에 넣을 양념을 정성껏 만들고 우엉조림의 간을 맞추고 오이 속에 양념을 넣고 식탁과 바닥에 흩어져 있는 설탕들을 쓸어 담았다. 설거지까지 다 하고 나자 이제 내가 할 일은 아무것도 없다. 나는 창 쪽으로 절대 고개를 돌리지 않는다. 떨리는 손으로 휴대폰을 들고 남편에게 전화를 건다. 곧바로 소리가 들린다. 지금은 연결이 되지 않습니다.

창밖에서 거대한 안개가 웅성거리며 문을 두드린다.

**문을 열어, 문을 열어.**

나는 안다. 안개는 이미 창문의 모든 표면을 덮었고 짙은 수증기들이 나를 들여다보고 있다는 것을. 굳이 눈을 맞추지 않아도 우리는 서로를 알고 있다.

나는 빛을 포기하고 집 안의 모든 불을 하나씩 껐다. 브람스의 바이올린 협주곡 연주는 왠지 맥없이 늘어난 듯 질질 끌며 신경을 자극했다. 그 묘한 느려짐에 내 숨은 더 빨라졌다. 나는 브람스를 끄고 욕실로 들어갔다. 갑자기 정전이 된 세상에 있는 것처럼 두꺼운 하얀 초 하나를 욕실 서랍장에서 꺼내 불을 붙였다. 그리고 물도 없는 욕조 안으로 들어가 최대한 몸을 작게 말았다. 바람 하나 없는데도 촛불은 심하게 흔들렸다. 나는 안개의 냄새를 맡지 않기 위해 손바닥으로 얼굴을 감싼다. 이건 한 번도 이겨 본 적이 없는 무능력한 변호사를 옆에 끼고 선고를 기다리는 사람과 다를 것이 없다. 나의 과거는 지금의 나를 가만히 놔두지 않기로 결심한 게 틀림없다.

안개는 결국 창의 미세한 틈을 찾아냈다. 어떤 고양이보다 더 유연하게 몸을 분산시켜 좁은 창틈으로 거대한 몸을 통과시키고 그들은 다시 하나로 뭉쳐 거실에 안착했다. 눈을 부릅뜨고 어느 한 곳도 지나치지 않겠다는 결연한 의지에는 어떤 망설임도 없다. 어쩌면 아까 음식물 쓰레기를 버릴 때 이미 내 옷에 슬쩍 들러붙어 이미 집 안으로 들어와 있었는지도 모른다. 나를 조롱하는 건지 애타게 그리워하고 있는 건지도 모를 안개는 이제 거실을 점령하고 부엌으로 이동했다. 미처 뚜껑을 덮지 못한 냄비 속의 조려진 우엉의 표면으로, 오이김치의 얇은 칼집 사이로, 치웠어도 아직 바닥에 남아 있는 설탕 한 알갱이, 알갱이 위로, 말라 버린 팬지 잎의 무늬를 어루만지며 안개는 모든 것을 보고 휘감고 확인하고 떠나기를 반복한다. 그리고 마지막으로 탁자 위에 놓인 휴대폰 액정 틈 사이로 파고든다. 내 귀에 잠시 머물다 사라진 지. 금. 은. 연. 결. 이. 되. 지. 않. 습. 니. 다, 한 글자 한 글자 사이로.

안개는 이제 욕실 바로 앞에 와 있다. 초는 갑자기 꺼져 버리고 안개가 닿은 창과 가장 가까운 곳에 있는 세 마리의 물고기는 뒤늦게 내게 위험을 통보하듯이 원래 가지고 있던 음에서 비틀린 샵(#)이 된 날카로운 소리를 몇 번 내지르고 침묵했다. 완벽한 어둠과 완전한 정적이었다. 무엇이든 전부 볼 수 있는 어둠과 세상의 모든 소리를 품은 완전한 정적의 합작은 고약하다기보다는 순진해서 더 무서운 어린아이의 말간 눈동자 같다. 안개는 나에게 놀아 달라고 조르고 나는 그것을 외면하려 안간힘을 쓴다. 밤이 아무리 깊어도 지치지 않는 아이처럼 피곤한 어른에게 손 하나 대지 않고도 마음을 흔들어 댄다. 조종자는 급작스런 잠으로, 꿈으로, 염소로, 안개로, 또 어린아이로도 얼마든지 자신의 존재를 바꿀 수 있다. 그건 내가 조종자의 능력을 알아도 아무것도 할 수 없다는 의미다. 나는 아무런 대책도 없이 최소한의 숨으로 버텨 내며 욕조 속에서 이미 나를 포착한 것에 저항한다. 아, 내 입술이 열리고 또 무언가 말하고 싶어 한다. 내 의지와는 반대로 입을 막은 손가락 사이로 말들이, 글자가, 숫자가 안개를 반기고 있다. 어쩌면 나는 안개를 기다리고 있었던 것이 아닐까. 나는 안개가 가진 그 생동력, 소리 없는 그 조심스럽고 은밀한 움직임, 내 생각보다 더, 더 민첩한 속도, 본심을 드러내지 않는 포커페이스가 석 달을 묵어 화가 난 건지 신이 난 건지조차도 알 수가 없다. 안개는 습기로 가득 찬 입김으로 입을 막고 있는 내 손가락을 하나하나 차례로 편다. 부드럽지만 확고하게, 다정하지만 물러서지 않으며, 힘을 들이지 않으면서도 유연하게, 달콤함과 어지러움이 한데 섞인 샴페인처럼. 그리고 드디어 나와 하나가 된다. 이제 안개는 나이고 나는 안개이다.

누군가가 말했다. 자유의지라는 개념은 현대 실존주의의 특징이죠. 알아요? 장 폴 사르트르는 비록 개인은 자신의 상황이 완전히 결정되어 있더라도 "자유롭도록 저주받았다."라고 주장했죠. 내 생각은 이래요. 우리가 자유의지라고 믿는 것은 우리 뇌 속 어딘가에서 우리를 안심시키기 위해 자신도 모르게 만든 칩 같은 거예요. 그걸 간파하기 위해서 나는 정말이지 적잖은 시간을 들였지만 이제는 그걸 전파하는 것에 사명감을 갖고 내 생을 바치고 있어요. 아, 본론으로 바로 들어가죠. 내 이야기를 처음 접한 사람들이 보이는 반응을 당신도 보이네요. 원래 진짜 중요한 이야기는 지루하게 마련이죠. 음, 그러니까 말하자면 그 칩은 자신이 세상의 주인공이라고 안심시키고 만족하게 만들어 주는 최면 같은 거라면 이해가 빠를까요. 진짜 자유와 혼동시킬 능력을 가진 그 칩은 험난한 외부에 대한 방어벽이나 자기 합리화의 모습과 닮아 있어서 우린 저주받지 않을 만큼의 자유만 가져도 얼마든지 행복할 수 있게 되는 거죠. 그러니까 우리 인간들은 커다란 우주에서는 작은 점 하나도 되지 않는 벌레 같은 존재들일 뿐이에요. 이제부터가 내 이야기의 가장 중요한 부분이니 조금만 더 참고 들어 봐요. 우리는 자유의지, 라는 것에 의미를 둘 필요가 없어요. 그러니까 내 말은 결론적으로 당신이 기억을 잃은 건 결국 어떤 의미도 없다는 거예요. 불필요한 칩이 하나 사라졌다고 생각하면 그만이죠. 그러니 상심 말고 앞으로 즐겁게 살 방법을 궁리하는 것이 시간을 절약하는 길이에요. 내 말이 당신에게 진심으로 위로가 되길 원해요. 구원은 생각보다 쉬워요. 마음먹기 나름이죠. 내가 기억을 잃어 기억, 이라는 단어 자체에 강박증이 생겼다면 이 누군가는 혼자 만든 음모론 같은 논리에 빠진 오랜 편집증을 시정할 수 없는 인간일 뿐이다. 아니, 벌레보다 더 징그럽고 질겼다. 나는 자유의지고 뭐고 실존주의고 뭐고 상관없었다. 그 낯선 이방인이 나에게 준 것은 참기 힘든 구토였을 뿐이다. 나는 최소한의 예의도 없는 사람처럼 여전히 말을 해 대고 있는 누군가에게 형식적인 인사도 하지 않고 일어나 그곳을 벗어났다.

나는 욕실을 박차고 나와 무작정 거리로 뛰쳐나가고 있다. 거리는 안개로 자욱해서 내 손도 잘 보이지 않는다. 이제껏 본 것들 중에 최고로 막강한 안개다. 승리를 장담하고 결국 나를 손아귀에 넣은 안개는 달리기 위해 벌려진 내 입술로 들어와 이제 나를 대놓고 조종하기 시작했다. 내가 이토록 빨리 달릴 수 있는 사람이었나. 내 다리와 팔은 평생을 달리기만 하며 살아온 사람처럼 규칙적으로 움직인다. 한 치 앞도 보이지 않는데 거침이 없다. 눈으로는 식별할 수 없는 것들을 명민한 감각을 가진 동물처럼 감지하고 피하고 뛰어넘으며 속도를 점점 올린다. 잠시 후, 내 입술에서는 조금씩 방언 같은 말이 뒤섞여 나오기 시작했다. 달리는 데 쓰이는 내 팔과 손은 이제 내 입술을 막을 수도 없다. 내가 밖으로 토해 내는 말은 허공에서 글자로 잠시 바뀌었다 금세 안개 속으로 사라진다. 내 몸의 모든 기관은 이제 달리기 위해서만 존재하는 것처럼 움직인다. 마치 동화 속에 나오는 분홍 신을 신은 여자아이처럼 멈추지 못하는 춤을 추고 있는 것 같다. 숨이 차오르고 팔이 아파 오고 종아리가 단단해지고 발뒤꿈치가 까지는 것을 느끼고 갈증이 나고 땀이 비 오듯이 흘러도 나는 계속 달리고 달린다.

　나는 어디로 가고 있는 걸까. 시간을 가늠할 수도 없는데, 안개에 가려 내 눈앞의 몇 미터도 보이지 않는데, 한 번도 틀려 본 적이 없는 무적의 나침반을 목에 걸고 있는 것처럼 걱정할 것 없어, 라고 스스로를 안심시키는 또 하나의 내가 있다. 내 몸은 탄력을 받은 공처럼 여전히 질주 중이고 내 머리는 이 혼란을 조금도 규명할 수 없고 내 입에서는 여전히 알 수 없는 단어와 문장과 여러 가지 숫자들이 툭툭 내뱉어져 나온다. 나는 이상하고 기묘한 생물이 된 것 같아 견딜 수 없다고 생각하지만 이제 호흡은 가쁘면서도 안정되게 뛰고 있다. 뛰기 위해 벌려진 입술 안으로 안개가 들어오고 나간다. 안개는 내 속으로 들어와 무언가를 데리고 밖으로 나가고 부지런히 다시 내 속으로 들어온다. 입술 밖으로 나간 것은 가벼운 먼지처럼 공기 중에 흡수되어 사라지고 다시 나에게 돌아오지 않는다. 조금씩 무엇인가 내 속에서 빠져나가고 있다는 것만이 분명하다. 혹시 꿈이 아닐까. 설탕을 병에 담다 잠이 들고 깬 것이 아니라 여전히 그 꿈속에 있는 게 아닐까. 그런데 꿈속에서도 이렇게 생생하게 빨리 달릴 수 있는 걸까. 땅에 착착 감기는 발의 리듬, 어느새 찾아온 밤, 나를 인도하는 안개의 짙은 농도, 땀으로 범벅이 된 이상한 자신, 달리고 있지만 않다면 하루만큼의 필사한 물리학 책을 덮고 있을지도 모를 시간. 나는 나와 상관없이 작동되는, 감각은 있지만 누군가에게 내어준 것 같은 나의 팔과 다리가 힘차게 앞뒤로 움직이며 여전히 내 몸에 붙어 있는 것을 간신히 확인한다. 안개는 점점 더 강해져 갔다. 시작과 동시에 에필로그까지 써 놓은 노련한 소설가처럼, 반박할 논리를 내세울 수 없이 명민하지만 에고이즘에 빠진 완고한 현자처럼, 속임수라는 것을 뻔히 알면서도 다시 한 번 믿게 만들고야 마는 능숙한 언변을 가진 매력적인 사기꾼처럼, 촘촘하게 재단되어 조그만 흠도 찾아낼 수 없는 훌륭한 장인이 만든 카펫처럼 안개는 치밀하고 영악하고 또 건강하다.

어릴 적 삼켰던 사탕은 아직도 녹지 않았다. 그 긴 시간 동안 내 몸 깊은 곳에 자신을 숨기고 있었다. 내 입에서는 살구 향의 냄새가 나기 시작했고 기도를 타고 올라오는 사탕같이 묵직한 무엇은 중력을 배반하는 대가로 여전히 달리고 있는 나에게 구역질까지 보냈다. 많은 것이 내게서 떠났지만 아직 남아 있는 것이 있다. 나는 입을 크게 벌리고 그것이 무엇이든 얼른 나에게서 나와 떠나기를 기다린다. 그러나 그것은 그들만의 세상에서 흐르던 시간의 속도를 전혀 바꿀 용의가 없고 태평하기까지 하다. 그들이 필요로 하는 시간만큼 나의 세포 하나하나는 최상의 고통으로 다다른다. 그리고 이윽고 그들의 시간이 왔다. 눈앞이 하얗게 변했다. 마지막이다. 처음 사탕이 목에 걸리던 순간이 되감기를 하듯 잠시 내 입술 앞에서 멈춘 후 밖으로 한번에 튀어나갔다.

달리기는 멈췄다. 나는 땅에 드러누워 가쁘게 숨을 몰아쉰다. 안개는 기척도 없이 이미 사라졌고 공기 중에 남아 있던 희미한 안개 냄새와 살구 향이 잠시 섞였다 같이 사라졌다.

# 2

## 열 살의 여름


어른은 어린아이에게 슬픔을 이야기하지 못한다. 어린아이가 슬픔을 이해하기에 이미 충분한 영혼을 갖고 있다 하더라도 언젠가는 저만의 슬픔을 반드시 갖게 될 터이므로 어른은 자신의 슬픔을 감춘다. 자식을 향한 부모의 마음에는 이름이 있다. 그것은, 미래다. 미래를 위한 침묵의 보류를 절절히 느끼게 해 준 어른은 나에게는 나의 엄마, 단 한 사람뿐이었다.

어른이 되면서는 말에 기억을 내어준다. 말은 노인의 손에 기억을 내어주고 행로를 그린 지도와 같다. 세상은 말로 존재를 거래한다. 그러나 어린아이는 말의 정확한 사용법을 모르는 대신 그 분위기를 예리하게 낚아채는 재능을 아직 세상에 빼앗기지 않았다. 모든 것은 아직 감각 속에 있다. 유년기는 어른이 되면 사라질 것이 약속된 서서히 가라앉고 있는 아름다운 몰디브 섬과 같은 것이다. 어린아이의 눈에 담기는 인상은 그 어떤 말보다 분명한 발음을 가지고 있다.

그것이 내게 일어난 일이다. 나는 공기의 변질과 냉정한 분위기로 그것을 알게 되었다. 열 살의 내 귀로 속삭이는 소리들이 들어오더니 탄피처럼 박혔다. 나를 겨냥한 그 웅성웅성 대며 가끔 끊어지기도 했던 작은 소음은 어느새 연기처럼 열린 문 사이로 흘러들어 문장이 되어 내 앞에 내려앉았다.

도무지 믿기지가 않네. 애들 엄마가 갑자기 심장마비로 가다니. 원래 심장이 좀 약했었나.

잠시의 침묵이 흐른 뒤, 억지로 참고 있던 뒤 담화를 하듯이 이야기들이 쏟아져 나왔다.

첫애를 갖고 유난히 입덧이 심했잖아. 애를 간신히 낳고 몸도 많이 상해서 며칠인가 중환자실에 있었지.

맞아. 근데 둘째 때는 수월했잖아. 몸도 금방 회복되고.

혹시, 그 일 생각이 날지 모르겠는데 애 엄마가 쉬쉬, 해서 그냥 얼핏 눈치챈 거지만 첫애가 여자애치고 유난히 사고를 쳐 댔지. 겁도 없이 높은 곳에 올라 다녀 늘 마음을 졸이게 하더니 결국 다섯 살인가 여섯 살인가. 아무튼 결국 지붕에서 떨어졌지.

아, 그런 일이 있었어요? 몰랐는데.

다행히 몸은 타박상 정도로 그쳤는데 애가 한동안 기억을 잃어서 애 엄마가 새파랗게 질려 정신이 나갔었지.

아니, 어린 것이 왜 그리 겁이 없었대?

그래도 오래 걸리지 않아 다시 기억을 찾기는 했는데 애 엄마가 그 일 이후로는 애 옆에서 떠나지를 못하고 노심초사하더라고. 뭐, 당연한 거지만 아마 꽤 충격을 받았겠지. 첫애에 대한 정이 유난했잖아. 이름도 작명소에서 안 된다고 하는데 굳이 고집을 부리고.

맞아요. 그건 기억나요. 부모 자식끼리도 안 맞는 이름이 있다는데도 굳이 왜 그리 고집을 했는지. 뭐 대단한 이름이라고.

첫애가 제 엄마 기력을 다 뺏은 거야. 둘째가 가여워 어떡해. 아직 일곱 살인데.

내 이름이 유리인 것이 무슨 잘못인 걸까. 우리 학년에도 나 말고 유리라는 이름을 가진 애들이 둘이나 있는데. 나랑 제일 친한 친구인 민주도 내 이름이 예뻐서 부럽다고 했는데. 그리고 내가 지붕에서 떨어져 기억을 한동안 잃었었다는 건 전혀 기억에 없는 일이다. 처음 듣는다. 그들이 지어낸 것이 아닐까. 게다가 나는 특별히 높은 곳을 무서워하지도, 그렇다고 좋아하지도 않는다. 근데 왜 아빠는 아무 말도 하지 않는 걸까. 나는 소리가 나지 않게 방문을 닫고 잠든 남동생 옆에 보따리처럼 몸을 웅크렸다.

사람들이 결과에 복종할 수 없을 때, 그 화가 난 물음표를 대신할 희생물을 찾는 습성이 있다는 것을 그땐 몰랐다. 완전한 진실이 아니어도, 때론 완벽한 거짓이어도 상관없다. 잠시 눈을 질끈 감고 힘없이 주저앉은 사람에게 고개를 돌리면 되는 것이다. 어두운 얼굴로 자신의 가벼운 양심을 내려놓고, 무거운 짐을 지고 한참 걷던 사람이 잠시 숨을 돌리기 위해 짐을 내려놓았다 실수로 잊어버리고 어디론가 발을 옮겨 가 버리는 모양새를 자연스레 만들면 되는 일이다. 그렇게 버려진 짐을 다시 찾으러 오는 사람은 없다. 그리고 살아간다. 하지만 그건 열 살의 내 상상에는 미치지 않는 치졸한 어른들의 생존 방식이었다.

일찍 엄마를 여읜 나는 학교에서 잠시 유명한 아이가 되었다. 민주와 친구 몇을 빼고는 나에게 말도 잘 걸지 않았다. 갑자기 나는 속내를 도무지 알기 어려운 아이가 되었다. 그것은 어른들의 말이다. 한동안 학교도 가지 않고 조개처럼 입을 다물어 버린 열 살의 나를 어른들은 짜증스럽고 난감한 표정으로 바라보았다.

언제까지 그럴 거야? 학교는 도대체 왜 안 가는 거야? 동생도

있는데 네가 씩씩해져야지. 넌 너무 비밀이 많아. 그건 어린애랑
은 어울리지 않는 거야.

　나는 이해할 수가 없었다. 무엇이 비밀이라는 걸까. 나는 그저
슬픔에 목이 메었을 뿐이다. 슬픔을 이해할 시간이 필요했고 슬
퍼할 공간이 필요했던 것이다. 슬프다는 말로는 너무 부족해서
남에게 털어놓을 수 없었을 뿐이다. 엄마의 부재는 이상하고 생
경한 느낌으로 둘러싸인 숲 같았다. 엄마가 더는 존재하지 않는
다는 사실을 인정할 수 있게 될 때까지 매일매일 베어 내야 하
는 목재가 빼곡한 숲 속에서 나는 한 그루의 나무도 베어 내지
못하고 나무둥치에 몸을 기댄 채 그저 멍하니 서 있었다. 그건
처음 사탕을 삼켜서 놀랐던 때와는 비교도 되지 않았다. 나는 생
에서 두 번째로 긴 시간과 고독에 지독한 그리움까지 더해져 어
쩔 줄을 몰랐다. 엄마가 돌아올 수만 있다면 나는 더 커다란 사
탕이라도 몇 번이고 다시 삼킬 수 있다고 생각했다.


　그날, 어른들의 나지막한 속삭임과 냉정하고 차가운 시선은
어딘가로 나를 인도했다. 나는 지하에 있는 긴 광산 같은 길을
걸어 어느 방문 앞에 도착했다. 방의 문은 굳게 닫혀 있었고 그
문에는 세 글자 - *그 당시 내가 이해할 수 없었던* - 가 쓰여 있었
다. 내가 눈으로 그 글자를 어루만지자 문은 마치 오랫동안 여행

하던 주인을 반갑게 받아들이듯, 혹은 와야 할 곳에 제대로 도달한 손님을 맞아들이듯이 가볍게 열렸다. 나는 그 방으로 발을 내딛었다. 나는 샌들 굽 소리를 내며 그 방을 둘러보았다. 작은 창조차 하나 없는 그 둥그런 공간 속에 있던 무중력의 적막과 열살의 내 감정이 조용히 조우했다.

그 후, 신데렐라가 떨어뜨린 유리 구두를 모두 제 것이라고 외치는 언니들 사이에서 나는 그것이 내 것이라고 밝힐 수 없는 주인공이 되었다. 내게는 아직도 엄마가 사 준 보석이 박힌 샌들이 침대 밑에 그대로 남아 있었다. 아홉 살까지 저장돼 온 환상은 수증기처럼 사라졌다. 이제 내게 동화는 거짓말의 상징이었다. 어려워도 꿋꿋이 이겨 내는 주인공에게 돌아오는 보상은 억지스러웠고 외모를 보지 않고 내면을 보는 공주에게는 멋진 왕자가 나타나고 선이 결국엔 악을 이긴다는 결론은 웃기지도 않은 농담 같았다. 나는 믿지 않았다. 다만 그 고통의 우화 속에 깔린 구원의 냄새, 그 가난하고 외로운 냄새만을 내 것으로 간직하고 돌아설 따름이었다.

일 년이 지나고 또 몇 년이 더 흐르자 신데렐라의 이야기는 셰익스피어의 《한여름 밤의 꿈》에 나오는 우스꽝스러운 탈바꿈 장면과 조증을 다룬 가벼운 논문을 합쳐 놓은 짜깁기 같았고, 백

설공주 이야기는 질투와 경쟁, 그리고 새하얀 피부가 승리한다는 세속적인 진리를 귀띔해 주는 싸구려 처세서 같았으며, 라푼첼은 독립적이지 못한 여자들이 세상을 살기 위해 필요한 것이 무엇인가를 제시하는 여성 잡지로 보였다. 동화 속에서 차라리 내 눈을 사로잡은 건 헌신적인 일곱 난쟁이와 열등감에 빠진 계모이거나 독을 묻힌 사과 한 알이었다. 나는 그런 아이가 되었다. 삐딱한 계단을 오르듯 모든 것이 기울어졌다. 내가 시간의 계단을 차근차근 밟아 수평 감각을 배우며 어른이 된다는 건 불가능했다. 그래도 한동안은 아빠의 차가운 태도가 나에 대한 진짜 원망이 아니라 엄마에 대한 지극한 사랑 때문이라고 믿은 때가 있었지만 그것이야말로 진짜로 허구임이 밝혀졌다.

슬픔의 노예가 된 자는 슬픔을 무기로 삼은 자로 오해받기 쉽다. 절대적인 슬픔은 소진되지 않는다. 감추거나 숨길 수는 있어도, 시간의 힘을 이기지 못해 망각에 주저앉아 몸을 기대는 시간이 생겨도 결코 완전히 휘발되지는 않는다. 지금도 내 이름이 유리인 것처럼 이름이 붙기 전의 상태로 복귀하는 일은 불가능하다. 어릴 때의 생은 장난감 같은 것이어야 한다. 결국 고장이 나더라도 새로 살 수 있는 것이어야 한다. 그 무책임을 손에 쥐고 실컷 놀았던 시절의 촉감은 세상이 어린아이에게 주는 특별한 쉼이며 온기이다. 내게 생은 너무 일찍 멍이 들어 버터 내야 하는 딱딱한 모서리 같은 것이 되었다. 나는 그 모서리가 영원하리라 느꼈다. 다시 학교에 나가기는 했지만 모든 것이 예전과는 달랐다. 나는 보통의 아이들과 다르게 보이지 않기 위해 있는 힘을 짜내어 운동장을 달리고 불량 식품을 사 먹고 고개를 적당히 끄덕이는 걸로 말이 없어진 자신을 포장했다. 그러나 방과 후에 간신히 혼자가 되어 집으로 걷다 마지막 골목에 들어서면 내 발걸음은 속도가 느려졌다. 어떤 날은 한 걸음도 앞으로 옮길 수가 없었다. 집에 들어가면 이불 속으로 틀어박혔다. 그런 생활은 엄청난 피곤과 긴장을 동반해서 결국은 더 딱딱한 달팽이 껍데기 속에 숨어야만 겨우 숨을 쉴 지경이 되었다. 사춘기가 되자 또래 친구들의 비슷비슷한 고민이 내게도 들어왔지만 이미 더 큰 것에 자리를 내어준 내 속에 하찮은 것들이 끼어들 공간은 많지 않았다. 나는 이제 어떤 작은 문제도 일으키지 않기 위해 노력했다. 학교에 불려 올 내 보호자는 엄마가 아닌 아빠였기 때문이다. 모든 것을 포용하는 듯한 겉모습을 만드는 것은 결국 세상에 어떤 입장도 취하지 않겠다는 뜻이라는 걸 난 그때 배웠다. 아니, 정확히 말하자면 어떤 태도도 가질 수 없다는 의미이다. 그건 중립이나 평온이나 넉넉함과는 다른, 아무 주장도 내세울 용의가 없는 사람의 어정쩡한 자세였다. 어떤 자세도 불편했고, 맞지 않았고, 무엇이 진짜 나인지도 알 수가 없었다. 성장에 필요한 것이 시간이라면 그 시간은 언제 오는 건지, 정말 지금보다더 자라면 강해질 수 있는 건지, 그리고 도대체 강해진다는 것이 무엇인지 나는 전혀 알 수가 없었다.

시간은 기어코 내 목 뒤로 삼켜져 들어갔다. 나는 스물두 살이되고 스물세 살을 겨우 넘어 엄마가 더는 필요하지 않은 스물넷의 대학 졸업자가 되었다. 남동생도 어른으로 자라 군에 입대했다. 어쩔 수 없이 꼭 필요한 이야기가 남동생을 통해 아빠에게전해지고 되돌아오던 시절도 이제 종결되었다. 엄마의 부재 후,집안에서는 남동생만이 내 이름을 발음했다. 아빠는 나를 아예부르지도 않았고 친척 어른들도 마찬가지였다. 어른들은 내 이름이 무슨 악성종양이라도 되는 듯 유리라는 이름 대신 애야, 누나야, 첫째야, 라는 말로 일관했다. 그들 중 누가 한 번만이라도내 이름을 제대로 불렀다면 나는 열 살에 방문 틈으로 들어온이야기를 한 번이라도 의심했을 텐데 그들은 그 오랜 세월 내내내가 잘못 듣지 않았다는 걸 한결같이 단체로 증명해 주었다.
스물넷의 여름이 시작될 무렵, 아빠는 처음으로 직접 내 방에찾아와 아무 말 없이 통장을 내밀었다. 엄마의 기일 다음 날이었다. 나는 그날로 집을 나왔다. 통장은 어떤 지독한 원망보다도 더 가혹한 시각적 낙인이자 생생한 거부였고 너무나 실제적인 결론이어서 나는 항변할 어떤 말도 찾을 수가 없었다. 열네 살의 나였다면 본능적으로 통장을 집어던지고 아빠에게 애원하며 매달렸을지도 모르겠지만 스물네 살의 나는 그 끊김을 그대로 손에 받아 쥐었다. 통장에는 너무 많은 숫자가 새겨져 있었다. 그건 일시적이 아닌 영원을 지칭하는 기호였다.

가을이 지나고 겨울이 올 무렵, 남동생은 군사우편으로 아빠의 재혼 소식을 알려 왔다. 나는 그 소식보다 나도 모르게 툭, 하고 튀어나온 배신감에 더 놀랐다. 텅 비었다고 여겼던 내 속은 마치 엄마를 대신하는 듯 활활 타오르는 성난 불과, 뜨거운 고열을 동반한 분노와, 얼음처럼 차가운 냉정함과, 스산한 서글픔으로 번갈아 가며 끓어올랐다. 이렇게 나는 통장을 쥔 고아가 되어 버린 것에, 아빠에게 버리고 싶은 상처가 되어 버린 것에, 엄마의 집을 지켜 주지 못한 것에 흔들리고 또 흔들렸다.


가난, 을 검색한다.

명사. 살림살이가 넉넉하지 못하여 몸과 마음이 괴로움, 또는 그런 상태.

가난. 가난. 가난. 가난. 가난. 입으로 발음을 계속해 본다. 어떤 말이든 열 번 정도를 넘기면 점차 본래의 의미가 몽롱해지고 희미해진다. 그건 나 혼자만의 실험을 통해 알게 된 것이었다. 그러니 수십 번을 발음해도 흐려지기는커녕 점점 확고해지는 것이 진짜 내 안에 있는 것이다. 내가 발음하는 가난은 약해지지도 멀어지지도 않았다. 가난과 연관된 단어들이 참견하기 좋아하는 이웃집 사람들처럼 줄줄이 고개를 내밀었다. 가난한 사람들, 빚 청산, 풍요, 구제, 부자. 그리고 한구석에 구원, 이라는 말이 있었다. 구원이라는 글자는 마치 쓰러지기 일보 직전의 낡고 금이 간 건물에 걸린, 그곳과는 전혀 어울리지 않지만 눈길을 사로잡기에는 충분한 현수막 같았다.

　나는 가난하다. 자신을 경멸하는 사람은 가난하다. 원하지 않았어도 내 손에는 억지로 양도받은 비밀문서가 놓여 있다. 나는 그것을 버리지도 품지도 못하고 손에 든 채 멈춰 서 버렸다. 하나의 영혼이 거대한 우주라면, 그 속에 있는 무수한 행성이나 별들이 내면의 파편이라면, 경멸은 그 우주 안에서도 깊은 어둠 속에 자리 잡고 있다. 신으로부터 평생을 같은 반으로 배정받은 운명의 동지. 싫든 좋든 영원히 한 반이 된 그곳에는 양심에 열중하다 뼈만 앙상하게 남은 단죄도, 어두운 얼굴색을 가진 절망도, 늘 고개를 숙이고 있는 열등감도, 창밖만 바라보고 있는 무관심도 책상을 차지하고 있었지만, 구원은 그 방 안엔 없었다. 구원이라니. 나는 노트북을 덮고 강력한 양면테이프로 통장을 벽에 붙여 놓았다. 내 눈앞에서 숨을 수 없도록, 이 우스운 단절을 기념하기 위해, 내가 받은 마침표를 잊지 않기 위해서. 이 통장은 서랍 깊이 넣어 두고 소중히 여길 것이 아닌 그저 불온한 내 이름의 값이다.

바람이 불고 빗방울이 유리창을 스쳐 지난다. 지금 내가 머무는 집은 본가에서 멀리 떨어진 교통이 거의 없는 오래된 동네다. 부동산에 부탁한 조건은 하나였다. 큰 창이 하나 있었으면 좋겠어요. 그리고 운 좋게도 오래 걸리지 않아 나는 커다란 창을 갖게 되었다. 나는 이사를 하고 그 동네에 슬며시 섞여 든 젊은 이방인이 되어 매일 동네 곳곳을 산책하며 둘러보았다. 좁은 골목이 많이 나 있는 동네는 일본식으로 지은 집들이 아직도 남아 있었고 마리아를 묵상하는 기도원도 눈에 띄었다. 마치 고요를 원하는 사람들이 모여 만든 도시 같았다. 이 청결하고 한적한 동네에서는 시간도 다르게 흐르는 것처럼 느껴졌다. 나는 이 동네가 아주 마음에 들었다. 게다가 상인의 골목이라고 불리는 골목 안에는 작고 독특한 카페들과 옛 서점들과 작은 전시회를 여는 공방들이 오밀조밀 모여 있었다. 새로운 가게들도 계속 생겨났지만 모두가 이 동네의 고요함을 해치지 않으며 빈티지한 모습으로 예의를 갖추고 최대한 음을 소거한 채 그 골목으로 스며들었다. 낮 동안 나는 아무것도 하지 않고 집보다 더 커 보이는 유리창을 매일 닦았다. 그리고 밤이면 그 앞에서 책을 읽다 잠이 들었다. 길고양이들이 지나가며 우리 집 창문을 올려다보았다.

창을 닦는다. 세제를 뿌리고 수건을 꽉 쥐고 창을 닦는다. 창은 점점 빈 공간이 되어 투명의 막으로 변한다. 사람들이 사라지길 원했지만 여전히 존재하는 나처럼. 엄마가 닦아 내던 내 벌거벗은 말간 어린 몸처럼.

창을 닦고 있는데 초인종이 쉬지 않고 울렸다. 오늘은 민주가 필리핀에서 삼 주간의 봉사 활동을 하고 돌아오는 날이다. 공항에서 바로 오는 길인지 커다란 여행 가방 두 개가 현관을 꽉 채웠다.

민주는 들어오자마자 말했다.

통장 좀 보여 줘.

나는 손가락으로 벽에 붙은 통장을 가리켰다.

통장의 숫자를 보더니 민주의 눈이 두 배로 커졌다.

유리야, 이건 로또다. 와우!

그런가.

그럼, 로또지! 좀 잔인하긴 하지만 이건 슬퍼할 일이 아니야. 그럴 이유가 없잖아? 이제 네 맘대로 편히 숨 쉬고 살아. 그래도 돼.

슬프지는 않아. 그냥 기분이 이상해.

원래 감옥에 오래 갇혀 있다 보면 감각을 잃어. 그게 진짜 자신이라고 믿게 된다고. 그건 네 탓이 아니지만 거기에 얽매이는 건 네 탓이야.

민주야, 진짜 내 이름이 엄마에게 해가 됐다면, 만약 네가 나라면 어떻게 생각할 것 같아?

내 말에 민주는 마치 외국인에게 말하듯이 또박또박 말을 했다. 눈을 정확히 맞추며.

유리야, 네 이름은 엄마가 지어 준 거잖아. 그것만 생각해.

내 이름은 엄마가 직접 지어 준 이름이다. 그래, 그것만 생각하면 된다.

민주는 입에 흙을 넣어도 웃고만 계시던 태평스러운 부모 이야기를 하며 자기는 예전부터 방목된 자식이라고 불평했지만 그것이 민주가 부모님에게 받은 건강하고 긍정적인 유전자다. 커다란 목장에서 마음껏 털을 휘날리며 자유롭게 뛰노는 양떼 중 하나였다. 민주는 틈이 나는 대로 지방이나 외국으로 도움이 필요한 동물들을 위해 봉사 활동을 다녔다. 내가 고개를 숙이고 대책 없이 그저 깊고 어두운 구덩이를 들여다보는 동안 민주는 똑바로 앞을 보며 자신의 능력을 발휘해 힘차게 세상을 향해 달린다. 민주는 우주의 빛 쪽에 속한 인물이다.

　산책 중에 갑자기 검은 구름이 빠르게 움직이는 것이 보였다. 그리고 곧 세상을 반으로 쪼개 버릴 것 같은 거대한 천둥소리를 시작으로 비가 억수같이 퍼붓기 시작했다. 이른 장마는 이미 지나갔는데 장마보다도 더 난폭한 비였다. 얼른 가까운 커다란 나무 아래로 숨어들었지만 비는 직선으로, 사선으로 몰아치며 순식간에 온몸을 흠뻑 적셨다. 빗방울은 손에 잡힐 듯이 크고 묵직했다. 나는 손등을 내밀어 굵은 빗방울에 나를 맡겼다. 비는 그렇게 이십 분 정도를 몰아치다 잠잠해졌다. 나는 동상에 걸릴 것 같은 손등을 거두지 않고 하나의 표식을 만들어 냈다. 내 손등에는 붉은 반점 비슷한 것이 새겨졌다. 피 한 방울 흘리지 않고 새겨 낸 타투였고 날카로운 바늘 침이 아닌 둥그런 빗방울의 반복된 탄력으로 생긴 흔적이었다. 갑자기 목 안쪽에서 묵직한 덩어리가 생겨났다. 나는 그것을 다시 안으로 밀어 넣기를 반복하다가 결국 포기하고 손으로 얼굴을 가렸다. 차가운 손이 볼에 닿았지만 서로 온기를 주기에는 너무나 똑같이 차가운 온도였다. 나는 이 세상에서 숨어 버리고 싶다. 아니, 우주 밖으로 튕겨 나가고 싶다.

몸을 녹이러 상인의 골목으로 들어갔다. 태양이 수그러들자 가게들은 일제히 등을 밝히고 가게 문에 걸린 풍경(風磬)들이 제 각기 바람의 소리를 다르게 만들어 냈다. 독창적인 분위기와 개성이 생명인 가게들이지만 약속이나 한 듯이 모든 가게의 문 입구에는 물고기 모양의 풍경이 달려 있었다. 마치 이 골목에 입성하기 위한 단 하나의 가장 중요한 조건처럼. 크기나 색이나 모양은 다 달랐지만 모두 물고기였다. 고개를 들어 늘어서 있는 가게들의 풍경들만 본다면 이곳은 한적한 절이거나 혹은 시골 어촌의 집들처럼 보일 것 같았다.

'커피 먹는 염소' 간판에는 나무토막 위에 나란히 기대어 원두 알을 먹는 엄마와 아기 염소가 그려져 있다. 나는 두 마리의 커다란 물고기와 그 사이에 있는 작은 물고기를 올려다보고 가게 문을 밀었다. 귓가에 솔, 톤의 청아하고 맑은 풍경 소리가 울렸다. 물을 뚝뚝 흘리며 들어가자 가게 주인이 얼른 수건을 건네주었다. 나는 아메리카노를 주문하고 화장실로 들어가 머리와 목의 물기를 닦아 냈다. 여기 거울엔 할아버지 염소가 바이올린을 들고 두 발로 서 있다.

커피에서는 짙은 향이 나고 커다란 머그잔에서는 수증기가 피어올랐다. 이렇게 뜨겁고 맛있는 커피는 처음이다. 나는 잔에 차가운 손을 대고 한참을 있었지만 내 체온은 1도도 올라가지 않는다. 가까운 벽에 쓰여 있는 문장이 보인다. - *커피는 지옥처럼 검고, 죽음처럼 강하며, 사랑처럼 달콤하다._ 터키의 속담입니다. -* 탁자로 시선을 돌리자 한구석에 전단이 붙어 있다.

- *최초의 커피 원산지는 남미가 아니라 에티오피아의 카파라는 곳입니다. 그리고 커피를 처음 먹은 건 인간이 아니라 염소였습니다. 칼디, 라는 목동은 밤마다 자신의 염소들이 잠을 자지 않고 날뛰기에 그 원인을 찾기 위해 염소들을 관찰하다 염소들이 빨간 열매를 먹고 있는 것을 발견하게 됩니다. 그리고 자신도 그 열매를 먹어 보자 그 열매가 잠을 쫓는 효과가 있다는 것을 알게 되었고 그 후로 사람들은 커피를 마시기 시작했다고 합니다. 당신도 염소처럼, 맛있게 커피를 드세요. -*

전단 아래에는 잠을 못 잔 염소가 충혈된 눈으로 운전을 하고 있다.


지독한 감기였다. 민주가 사다 준 죽을 조금씩 먹으며 열흘 가까이를 침대에서 보냈다. 매일 손등 위에 새겨진 비의 흔적을 확인했다. 어린아이였을 시절, 내가 가장 그리워했던 것은 아플 때 잡아 주던 엄마의 따뜻한 손이었다. 괜찮아, 금방 나을 거야, 라고 말하며 만져 주는 손이 내 이불 곁에서 없어지자 나는 엄마의 앙고라 장갑을 대신 손에 끼고 자리에 누웠었다. 울고 또 울어도 장갑은 움직이지 않고 밤이 깊어지는 것을 혼자 보았다. 손 등이 불에 데면 늘 따뜻할까, 그런 상상을 하는 것이 어린아이 다. 아님 반대로 손을 얼음에 얼려 버리면 그리움을 느끼지 않게 될까, 그것도 어린아이의 몽상이다. 나는 서랍에서 조심히 엄마 의 앙고라 장갑을 꺼내 손에 끼워 보았다가 다시 집어넣었다.

열에 들떠 알 수 없는 시간들이 계속 이어졌다. 기침과 오한 과 고열에 근육통까지 더해져 침대에 나를 묶어 놓았다. 시간은 부유하고 꿈과 현재의 구분이 흐려지고 나의 내면도 몸에서 빠 져나가는 근육과 함께 흐물거렸다. 그 사이로 갑자기 인간이 인 간을 구원할 수 있을까, 라는 질문이 파고들었다. 약의 부작용임 에 틀림없다. 구원이라는 말은 악몽의 한 귀퉁이에서 잘못 빠져 나온 너덜거리는 실처럼 힘없이 흔들리다 사라졌다. 나는 독한 약 기운을 이기지 못하고 다시 깊은 잠 속으로 빠져들었다. 그렇 게 열흘이 넘어가자 감기는 거의 나았고 손등 위에는 아무것도 없었다. 아쉽고 허전했다.


얼굴이 반쪽이 됐어요.

'커피 먹는 염소' 가게 주인이 말을 걸어 왔다. 낯선 타인이 좋 은 점은 그냥 현재 상태에서 시작하면 된다는 것이다. 하늘에서 방금 떨어진 두 이방인에게는 아무 과거가 없다. 내 소개는 이

동네에 이사를 온 지가 얼마 되지 않았단 것과 여기 커피를 좋아한다는 것으로 충분했다. 가게 주인은 - *나보다 열세 살이 위였다.* - 혼자 아들을 키운다고 했다. 나이보다 어려 보이는 외모와 날렵한 몸짓과 조근조근한 말투는 젊은 게이를 연상시켰지만 시간은 누구도 그냥 지나치지 않는다. 염소 집 가게 주인의 시간은 모조리 눈동자로 들어간 것 같았다. 침착하면서도 강직함이 느껴지는 눈빛과 상대방의 눈을 정확히 마주치며 말하는 그 몸에 밴 자신감은 세상의 혼탁함 속에서 중요한 전투를 지켜 냈다는 인상을 주었다. 잠시 후 남자아이가 계단을 쿵쾅거리며 유치원에서 돌아왔다. 일곱 살의 꼬마는 장난기 가득한 얼굴이었지만 아빠가 활짝 벌린 팔 안으로는 들어오지 않는다. 아빠, 안 돼. 찬영인 여자 친구가 있다니까. 몇 번을 말해! 밝고 귀여운 아이였다.

에티오피아 커피는 향과 신맛이 강한 편이었지만 내 입에는 잘 맞는다. 특별한 사건이 없는 내겐 산책을 하고 가게에 들러 커피를 한잔씩 마시는 게 사건이 되었다. 그리고 아저씨가 바쁘거나 볼일이 있는 날에 가게를 대신 봐주던 것이 결국 일주일에 세 번, 정오부터 다섯 시간을 그곳에서 일하는 것으로 변했다. 막 도착한 원두 알을 골라내는 일도, 손으로 직접 갈아 내는 일도 좋았지만, 무엇보다 더치커피가 평화롭게 2, 3초에 한 방울씩 떨어지는 모습을 보는 것이 가장 좋았다.

어, 아빠 없네.

어느 날 찬영이가 두리번거리며 아빠를 찾았다. 옆에는 인형 같이 예쁜 여자아이가 서 있었다.

아빠 잠시 볼일 있어서 나가셨는데, 금방 오실 거야.

찬영이는 여자아이 손을 잡고 탁자 의자에 앉았다.

여기 더블 에스프레소 둘이요.

나는 자몽 주스를 만들어 갖다 주었다.

유리 누나, 내 여자 친구야. 봄이.

안녕하세요.

봄이, 라는 아이는 조그마한 목소리로 내게 인사를 했다. 속삭이듯이 말하는 목소리는 설탕의 알갱이 같았다.


며칠 후 가게에 예약이 잡혔다. 오후 네 시가 되자 손님들이 들어오기 시작했다. 탁자는 미리 붙여 놓았고 간단한 와플 몇 가지가 전부인 가게여서 어려울 것은 없었다. 네 시 반이 되자 열다섯 명 정도의 여자들이 우글댔고 가게는 금세 시장터처럼 변했다. 인간의 소음에 민감한 나는 신경을 가라앉히려 와플을 굽는 데 집중했다. 그러던 중 갑자기 돌연한 정적이 생겨났다. 그 정적 속에서 물고기만이 솔, 솔, 솔, 하며 소리를 냈다. 모두의 시선이 향한 곳을 따라가자 문으로 한 남자가 들어오고 있었다. 그가 여자들 쪽으로 걸어가자 바닷길이 열리듯 여기저기서 서로 자리를 내주려는 소리 없는 신경전이 벌어졌다. 그리고 그가 자리에 앉자 소란은 온데간데없이 사라지고 가게에는 요조숙녀들만 남았다.

뭐지 이건? 내 혼잣말을 듣고 염소아저씨가 슬쩍 웃는다.

외모는 사람의 가면에 불과하다고 생각하는 나도 시선을 떼기 어려울 정도로 그의 얼굴은 특출했다. 마치 미술 도감에서 봤던 나르키소스 미소년 석고상이 환생한 것 같았다. 완벽한 이마의 선은 신이 특별히 정성 들여 깎은 바윗돌 같았고, 눈동자는 깊은 탄광에서 캐낸 갈색의 광석 같았고, 길고 풍성한 속눈썹은 스스로 그늘을 만드는 줄무늬 차양 같았으며, 자연스러운 콧날은 붉은 입술로 완벽히 이어졌다. 그는 그 우월한 태생으로 이미 어렸을 때부터 사람들의 시선을 수도 없이 멈추게 했을 것이다. 나는 감정적으로가 아니라 과학적으로 타인이 타인에게 매력을 발산하는 순간을 가까운 거리에서 목격했다. 무심한 척 시선을 끌려는 여자들의 육체적 애교, 미묘하게 달라지는 목소리의 톤과 스스로 자존감을 밟고 있는지도 모르는 하나를 향한 열다섯 명의 집중력, 도무지 숨겨지지 않는 무언의 절절한 구애와 찬미와 동경의 냄새가 가게를 한껏 들어올렸다. 마치 이 순간에만 다른 색의 세상이 존재하는 것 같았다. 붉은색의 욕망과 감탄과 경외가 손에 손을 잡고 뫼비우스의 띠처럼 탁자 위를 맴돌았다.

타인에게 어떤 식으로든 완전히 사로잡혀 본 적이 없는 나에게 그 광경은 생소하기 그지없었다. 그가 오고 나자 갑자기 그녀들의 입에서 자원봉사니 사회복지니 하는 말이 오가기 시작했다. 나는 내 귀를 의심했다. 화장과 최신 유행과 연예인의 행보가 노선을 바꿔 진지하고 성찰적인 철학 모임으로 변한 것이다. 대화는 이어 더 높은 단계인 정치적 구제니 종교적 구원이니 하는 형이상학으로 접어들었다. 그는 한마디도 하지 않았다. 그렇다고 그녀들을 비웃고 있지도 않는다. 그는 왜 이 자리에 온 걸까. 그리고 어떻게 저렇게 많은 여자들 사이에서 저토록 여유롭게 앉아 있을 수 있는 걸까. 한 시간 반이 지난 후, 여자들이 줄지어 가게를 나갈 때마다 나는 그녀들의 여전히 붉게 달아올라 있는 오른뺨에, 그리고 그의 매끈한 이마에 나르시시즘, 이라는 도장을 찍어 주었다.

나는 구원을 믿지 않는 인간이다. 하지만 구원을 믿든 안 믿든 구원, 은 최소한 그녀들이 탁구공을 쳐 대듯 가볍게 건드릴 수는 없는 것이다. 그녀들은 구원이라는 말을 자신을 값비싸게 장식하는 펜던트로 이용했다. 오늘 그녀들에게 구원은 '그' 그 자체이다. 이미 들켜 버린, 도무지 파악이 되지 않을 수가 없는 단순

하고 경박한 내면에서 내뱉어지는 구원이라는 말은 자신이 누리고 가진 것들 이외에 지성까지 겸비하고 있다고 외치고 싶은 공주님들의 환각이었다. 그리고 나 역시 나보다 가볍다는 이유로 타인에게 매섭게 눈을 흘기면서도 정작 나 자신의 편견에는 눈이 먼 모순의 20대였다.

봄이 삼촌이야, 어제 그 잘난 녀석.

네? 아…….

예쁜 봄이 얼굴과 겹쳐지는 그의 얼굴. 아무래도 그 집안에는 행운이 흐르는 모양이다.

혹시, 자기도 외모에 넘어갔어?

네? 아니요.

근데 왠지 유리 씨와 그 녀석은 어딘가 닮았어.

네?

나는 염소아저씨가 말하는 속도를 따라가지 못하고 간신히 물었다.

그 이상한 모임은 뭐예요?

한마디로 어리석고 열정적이고 제어가 불가능한 속물들의 회동이지.

그럼 그 남자도 한통속이잖아요.

나는 어제 그 봄이 삼촌이라는 남자가 나가며 아저씨와 친밀한 눈짓을 주고받는 것을 보았다.

아저씨는 잠시 틈을 두고 말을 이었다.

영재? - *그의 이름이었다.* - 아니야. 그 애는 자신을 자학하기 위해 온 힘을 다하고 있어. 그중 누구도 그 애가 자신의 존재를, 특히 자신의 외모를 경멸한다는 걸 모르니까. 그러니까 그런 자리에 일부러 있는 거야. 나는 말이지, 할 수만 있다면 영재의 지금 시간이 조금 더 속도를 내 줬으면 좋겠어. 그 친구는 세상 속에 숨고 싶어도 숨을 수가 없거든.

나는 그 말을 그가 외모 때문에 익명성으로부터 자유로울 수 없다는 뜻으로 받아들였다. 왜 그런 얼굴을 경멸하는지 물어보려는 순간 손님이 들어오고 대화는 멈췄다. 그런데 나랑 닮았다니. 집으로 돌아오며 다시 그 말을 떠올렸지만 그건 내 상상에도, 이해에도 속하지 않는 부분이었다. 다만 영재는 아니야, 라고 누군가에 대해 단호하게 규정짓는 염소아저씨의 확고한 판결에 내 마음은 왠지 조금 불편했다.


봄이는 말수가 적은 아이였다. 한창 말문이 터져 조잘거릴 나이에 듣기만 했고 대부분 무표정한 얼굴이었다. 찬영이가 장난을 걸면 가끔 피식하기는 했어도 그 웃음은 오래가지 않았다. 찬영이와 봄이는 유치원에서 같이 돌아와 가게에서 시간을 보내는 날이 많았다. 아직 한글을 다 깨치지 못한 찬영이는 또봇을 갖고 놀거나 아빠에게 왔다 갔다 하며 부산했지만 봄이는 한자리에 조용히 앉아 그림을 그리거나 책을 읽었다. 나는 그런 봄이가 왠지 마음에 걸려 일이 끝나도 집에 바로 가지 않고 아이들 옆에서 커피를 마시고 책을 읽으며 시간을 보내는 날이 많아졌다. 저녁에서 밤 사이가 되면 봄이의 삼촌이 봄이를 데리러 왔다. 그렇지 않은 날은 염소아저씨가 자신의 집으로 봄이를 데려가 종종 재우기도 하는 모양이었다.

봄이 부모님은요?

염소아저씨의 눈빛이 순간 어두워졌다. 잠시의 시간이 흐른 후, 타인에 대한 다른 타인이 대신하는 고해성사가 흘러나왔다.

봄이 엄마는 내 오랜 친구야. 민지원. 지원이는 봄이 아빠와 대학 시절부터 사귀며 나와도 친해져서 우린 셋이 늘 뭉쳐 다녔지. 우린 같은 해에 아이를 낳고 키웠고 그래서 찬영이와 봄이도 자연스레 단짝이 된 거야. 집사람이 없는 자리를 지원이가 많이 채워 줬어. 거의 찬영이를 키워 준 거나 마찬가지지. 영재는 매형이 생기자 정말 좋아했어. 매형이라고 부르기보다는 그냥 형이라고 부르곤 했어. 지원이랑 영재는 일찍 부모를 여의었거든. 게다가 둘은 나이 차가 많이 나서 누나가 엄마나 마찬가지였는데 아빠같이 든든한 존재가 생기니 신이 난 거지. 봄이 아빠도 영재를 친동생처럼 품고 아꼈어. 그리고 봄이가 태어나자 세상에 부러울 것 없는 막강한 가족이 되더라고. 사람은 참 이상해. 혼자일 때는 외로워 죽겠다가도 둘이 되면 금세 그것에 무뎌지고 셋, 넷이 되면 원래부터 그것이 당연했던 것처럼 생각하잖아? 그런데 지원이와 영재는 달랐어. 오랜 결핍에 시달려서 그런지 모든 것에 늘 감사해했어. 그들은 새로 만든 가족을 숨겨 놓은 새둥지처럼 아끼고 아꼈어. 봄이 아빠는 열심히 먹이를 나르고 봄이 엄마는 횃불을 들고 집을 지켰지. 좋았었어, 정말이지.

과거형으로만 계속 진행되는 아저씨의 말에, 그리고 현재로 다가오며 멈춘 쉼표에 나도 모르게 몸이 경직된다. 아저씨는 봄이 엄마는 지원이라고 부르면서 왜 봄이 아빠의 이름은 말하지 않는 걸까.

이 년 전에, 지원이는 세상을 떠났어. 돌아가신 부모님 성묘를 가는 길이었어. 영재가 운전을 하고 지원이는 조수석에 타고 있었는데 지원이는 조금 전부터 눈에 뭐가 들어갔다고 칭얼대는 영재를 살피러 잠시 안전벨트를 풀고 영재 쪽으로 몸을 돌리고 있었어. 고속도로라 차를 세우기가 어려워 그랬을 텐데 갑자기 반대편에서 일 톤 트럭이 느닷없이 꺾어져 온 거야. 영재는 본능적으로 운전대를 최대한 오른쪽으로 돌렸지만 누나를 살리지는 못했어. 지원이는 아주 짧은 순간이었지만 아마 감지했을 거야. 손으로는 최대한 영재의 얼굴을 가리고 몸으로는 영재를 덮으려고 했나 봐. 하지만 거대한 충돌의 힘으로 결국 차창 밖으로 튕겨 나가고 말았어. 그래서인지 큰 사고였는데도 영재 얼굴에는 경미한 찰과상이 전부였어. 보통 사고가 나면 정신을 잃게 마련인데 영재는 병원에 도착할 때까지도 맨 정신이었대. 응급실로 들어가는데 자기 옆으로 하얀 천으로 덮인 누나의 들것이 들어오는 것을 보고 들것에서 빠져나온 누나의 이미 차갑고 딱딱하게 변해 버린 손을 잡으며 왜 자기 누나 손에 박힌 이 수많은 유리 파편들을 빨리 꺼내 주지 않느냐고 소리를 지르다 그제야 정신을 잃고 수술실로 들어갔다고 해. 얼굴 말고는 여러 군데 심한 골절상과 타박상과 수많은 열상을 입고 오랜 시간을 병원에서 보내며 길고 긴 재활을 거쳤지. 그때 봄이는 겨우 다섯 살이었어. 지원이가 떠난 뒤에 봄이 아빠는 점점 술로 빠져들었어. 그리고 두 달 정도가 지나자 갑자기 혼자 영국으로 떠나 버렸어. 그래서 봄이와 영재 둘이 남게 된 거야.

내 귀에 들어온 이야기는 끔찍한 악몽이었다. 나는 그제야 이전에 아저씨가 영재에 대해 했던 말들을 알아들었다. 나는 영재라는 사람이 왜 나와 닮았는지 물을 필요도 없었다. 내 과거를 몰라도 염소아저씨 눈동자에 내 과거의 단죄, 라는 부스러기가 포착된 것이다. 내 이름이 엄마 죽음의 증거라면 그에게는 자신의 멀쩡한 얼굴이 누나를 잃고 만, 그날의 증거인 것이다. 그가 봄이를 볼 때마다 느낄 감정은 하나를 골라 말한다는 게 불가능한 끈적이는 늪이어서 나는 차마 그 어둠 속으로 발을 담글 엄두도 내지 못한다. 흔한 연민이나 어설픈 동질감으로 건드릴 수 있는 것이 아니다. 그리고 염소아저씨의 고백 속에는 봄이 가족의 이야기만이 아닌 자신의 이야기가 어쩔 수 없이 섞여 있었다. 그 무게에 나는 그저 눈물을 흘리지 않기 위해 엄청난 노력을 하며 덤덤히 말하는 아저씨 앞에서 무표정으로 일관했다. 내 고통은 이들에 비해 얼마나 사소한가. 유년기의 상처는 누구에게나 있다. 작든 크든, 누구라도 한두 개쯤은 가지고 있을 것이다. 하지만 그 오래전의 시간이 시간을 이기고 살아남아 있다면, 그 시간이 어린아이의 시간으로 남겨지지 못하고 지금도 펄떡이는 힘을 가지고 있다면, 오랜 시간 방치되어 어떻게 손을 쓰기를 이미 포기했다면 그저 허덕이는 순간들을 맞이하게 되는 것이다. 그렇게 굳어져 자신에게만 집중을 하던 그런 내게, 고통에는 어떤 등급도 없다고 문을 닫아 버린 탁한 내게, 염소아저씨로부터 전해 들은 타인의 이야기는 우물 같은 내 방 속으로 툭,

하고 물 한 방울 튀지 않고 깊이 가라앉았다. 그리고 그 두 개의 돌멩이는 천천히 내 한구석에 자리를 잡고 움직이지 않았다.

죽음을 전해 듣는 것과 생이 죽음으로 어이없게 바뀌는 순간을 생생히 느끼고 목격하는 일은 아주, 매우 다른 일이다. 그건 자신의 일부분도 같이 죽어 버리는 일이다. 봄이 삼촌은 어떤 지옥 속에 살고 있을까. 열 살의 나와 일곱 살의 내 동생보다도 어렸던 다섯 살의 봄이 속에는 무엇이 있을까. 봄이가 그린 그림 속 가족들의 얼굴에는 입이 없었다. 나는 그 의미를 이해했다.

진짜 슬픔은 말로 뱉는 것이 불가능하다. 슬픔이 간신히 선택할 수밖에 없었던 침묵은 오래될수록 견고한 실뭉치가 되어 매듭을 제 몸 안에 깊숙이 숨긴다. 시간이 흘러 그 매듭을 찾아 풀고 싶은 마음이 간신히 들 때면 이미 그 덩어리는 몸을 키워 거대하고 단단한 괴물이 되어 있다. 이미 늦었음을 알고 돌아서는 마음에는 아무런 회한도 없다. 치유를 바라고 포기하지 않는 건 잠시 어둠 속에 갇혔던 사람의 회복 욕구지 오랜 시간 동안 생의 시력을 잃은 사람에게는 빛은 내 것이 아니라는 것을 다시 확인하고 돌아서는 여정에 불과하다. 그런 존재들이 가진 것은 포기를 저항 없이 바로 받아들이는 능력이다. 그것이 치유 대신에 그런 존재들이, 그리고 내가 이미 얻은 선물이다.

봄이 삼촌이 하는 일은 건물을 설계하는 일이다. 작은 사무실을 얻어 친구 넷과 공동 창업을 한 지 얼마 되지 않았다고 한다. 한번 일이 들어오면 밤을 지새우는 일이 허다했다. 염소아저씨는 내가 봄이를 집으로 데려가 같이 있고 싶다는 말에 멈칫거렸다. 하지만 봄이가 나서서 아저씨, 나 유리 언니랑 같이 있고 싶어요, 라고 조르자 염소아저씨는 봄이 삼촌의 허락을 받아 내게 가끔 봄이를 맡겼다. 어른의 행세를 할 수 없고 나 역시 말이 없는 편이라 그게 봄이에게는 편했던 걸까.

어느 날, 봄이와 같이 집으로 들어오고 몇 시간이 지났을 때 봄이 삼촌이 찾아왔다. 밤이 깊어 가는 시간이었다. 그는 몹시 지쳐 보이는 얼굴로 현관에서 봄이를 찾았다. 스쳐 가듯이 얼굴을 몇 번 보고 인사를 하기는 했어도 제대로 말을 나눈 적은 없었다.

저, 봄이 잠들었는데요.

죄송하지만 실례할게요.

그는 조심스레 신발을 벗고 들어와 소파에서 잠이 든 봄이를 등에 업고 현관문을 나갔다. 나는 창문으로 그가 차도 없이 아이를 등에 업고 걸어가는 모습을 골목을 지나 사라질 때까지 바라보았다. 그리고 현관에 놓인 봄이 신발을 그때서야 발견하자 삼촌이 엄마와 같을 수는 없다는 사실을 새삼 느꼈다. 총각이, 남자가 어린 여자아이를 키우면서 얼마나 당혹스러운 일이 많을까. 얼마나 많은 신발을 잃어버렸을까. 나는 봄이의 샌들을 한쪽에 가지런히 놓고 봄이가 누워 있던 자리에 내 몸을 눕혔다. 방금 전까지 있던 따뜻한 온기가 등으로 전해졌다. 봄이의 고소한 땀 냄새가 난다. 나는 점점 봄이와 거리를 두기가 어려워져 가는 것을 느낀다. 봄이와 같이 있는 시간은 행복하기도 하고, 가슴이 아프기도 하고, 때로는 둘 다이기도 해서 내 마음은 여러 줄의 얇은 목걸이처럼 하염없이 엉킨다.

유리 언니, 언니는 왜 매일 창문을 닦는 거야?

나도 몰라. 그냥 창이 깨끗해지는 게 좋아.

오래전의 광경과 닮았다.

엄마, 엄마는 왜 매일 이렇게 창문을 열심히 닦아? 힘들지 않아?

내 말에 엄마는 봄의 햇살이 가득 들이치는 빛 속에서 활짝 웃으며 말한다.

뭐가 힘들어. 우리 유리 닦아 주는 건데.

앗, 정말. 나도 유리, 창도 유리네.

그러자 엄마의 눈이 반달이 되며 말했다.

그리고 똑같이 예쁘지. 반짝반짝.

엄마의 말에 봄이의 목소리가 겹쳐 온다.

있잖아, 유리 언니, 나 여기서 언니랑 살고 싶어.

창을 같이 닦던 봄이가 나를 똑바로 올려다보며 말했다.

목 안쪽이 무거워진다.

정말? 언니도 봄이랑 있는 게 좋아. 근데 삼촌은 어쩌고?

음…… 언니는 우리 삼촌이 싫어?

아니, 안 싫어.

진짜?

응.

그럼 삼촌도 여기서 살면 좋겠는데. 같이 창도 닦고.

내가 할 말을 찾지 못하는 순간, 휴대폰이 요란하게 울렸다.
민주였다.

유리야, 나 지금 너한테 간다. 근데 혼자가 아니야. 남자랑 같
이 가.

그리고 10분도 지나지 않아 민주가 도착했다. 민주의 품에는
검은색과 흰색이 섞인 귀여운 강아지가 안겨 있었다. 민주는 강
아지의 귀를 막고 속사포처럼 말했다.

나, 갑자기 출장을 가야 해서. 이 아이, 유기견인데 우리 병원
에 한 달을 있었는데 도저히 보호소로 보낼 수가 없어서 내가
키우려고. 왠지 얘는 유독 정이 가고 보내기가 불안해서.

알았어, 알아들었어. 그래서 언제 오는데?

일주일 정도. 그동안만 부탁해. 간다, 유리야. 아, 봄이야, 안녕.

얘도 애기야.

문이 닫히다 말고 민주가 다시 고개를 들이밀며 말했다.

참, 얘 이름은 바우. 간다.

나, 애기 아닌데.

봄이가 입을 툭 내밀며 말했다.

짧은 소동이 끝나자 현관 턱을 경계로 나와 봄이가 바우를 마주 보고 멀뚱히 서 있다. 바우는 민주가 내려놓은 자리에서 한 발짝도 움직이지 않고 서서 몸을 부르르 떨었다. 눈에는 불안한 기색이 역력하고 긴 꼬리는 아래로 처져 있었다. 어서 오세요. 내가 말해도 바우는 꼼짝도 하지 않았다. 그러자 봄이는 현관 턱 아래로 내려가 앉아 바우에게 눈높이를 맞추며 말했다. 바우야, 안녕. 걱정하지 말고 올라와. 그러자 바우는 봄이를 힐끔 보더니 발을 옮겨 봄이와 같이 현관 턱을 넘어 거실로 들어왔다. 원래 얌전한 성격이었는지도 모르지만 버림받은 존재가 어쩔 수 없이 체득했을 조심스러움과 경계에 가슴이 먹먹해졌다. 민주가 가져온 사료와 내가 물을 담아 놓은 그릇 앞에서도 바우는 눈치를 보며 망설였다. 홀쭉한 배와 처진 꼬리보다 주위를 살피는 눈의 흰자위가 마음에 걸려 나는 봄이를 데리고 방으로 들어가 바우가 적응할 시간을 주었다. 방에서 나오자 사료는 그대로였고 물그릇은 남김없이 다 비워져 있었다. 그리고 바우는 다시 현관으로 내려가 서 있었다. 봄이는 다시 내려가 바우를 데리고 올라왔다. 그날 밤, 봄이와 나는 바우를 가운데다 두고 잠을 잤다. 원래 가장 여린 존재를 가운데에 두는 법이다.

어느새 상인의 골목에 새로운 가게가 생겨나 있었다. 소품 가게였다. 이 가게의 문에는 세 마리의 은빛 물고기가 하나의 긴 줄에 세로로 나란히 달려 있었다. 어느새 가게마다 달린 각기 다른 물고기 풍경을 비교하는 것이 나의 새로운 습관이 되었다. 붉은 문을 열고 가게에 들어가자 중년의 남자 주인은 자리에 그대로 앉아 얼마든지 천천히 구경하라는 눈짓을 던졌다. 앤티크한 물건들을 취급하는 집이었다. 바우는 여러 가지 냄새가 신기했는지 연방 코를 대고 냄새를 맡으려 한다.

안 돼, 바우야.

그러나 바우는 어느새 긴 가죽 지갑을 물고 서 있다. 나는 얼른 물건을 입에서 빼고 주인을 돌아보았다.

개가 뭘 살지 결정했네요, 벌써.

봄이와 나는 서로를 쳐다보았다.

개가 들어와서 구경하는 건 되지만 물건에 침을 묻히는 건 안

되지요.

주인장의 목소리가 날카롭다.

봄이 얼굴이 난처한 기색으로 붉어졌다. 나는 당황해서 손에 든 물건을 앞뒤로 살펴보았다.

이게 뭐죠?

안을 열어 봐요.

가죽 지갑 안에는 초록색의 온도계가 들어 있다.

스웨덴 온도계요. 섭씨온도 눈금을 처음으로 발견한 셀시우스의 나라에서 여행하다 구한 거예요. 이 초록색 온도계는 귀하지요. 아마 더 이상 구하기는 어려울 거요. 한때는 종류가 아주 많았지만 말이오.

저, 이 가죽 지갑만 사면 안 될까요? 온도계는 괜찮으니까.

어허, 그 온도계는 그 가죽 지갑이랑 처음부터 세트요. 온도계가 늘 일하지 않도록 그 가죽이 지켜 준단 말이오. 널뛰는 추위와 폭염으로부터 온도계를 쉬게 해 주지.

주인은 진지하게 말했다.

내가 평생 소품 가게를 하는 이유가 뭔 줄 아오? 나는 물건에도 살아 있는 의미가 담겨 있다고 생각하기 때문이오. 잘 만들어진 물건은 그렇게 '일을 하는 물건'과 그걸 '보호하는 물건'이 세트로 구성돼 있어요. 누군가 물건을 제대로 볼 줄 아는 사람이

와서 왜 그 귀한 온도계가 이렇게 벌거벗고 있냐고 물으면 뭐라고 답하란 말이오? 바둑이같이 생긴 개가 와서 케이스만 물어 갔다고 할까?

할 말이 없었다. 나는 온도계를 사겠다고 하고 값을 치렀다. 가게를 나서려는데 봄이가 어느새 자리를 옮겨 초록색 눈동자를 가진 여자아이 인형에서 눈을 떼지 못하고 있는 모습이 보였다. 눕히면 눈을 감고 세우면 눈을 뜨는 아주 고전적인 인형이다. 그게 마음에 들어? 봄이는 고개를 펄럭펄럭 끄덕였다. 나는 온도계의 가죽 지갑을 바우의 입에 물려 주고, 인형을 봄이 품에 안겨 주고 가게를 나왔다. 온도계는 내 셔츠 주머니에 꽂았다. 우리는 집으로 가는 길에 바우에게 저녁으로 해 줄 북어도 한 마리 샀다. 작고 소소한 것들. 새로운 물건 하나가 품으로 들어오고 먹을 것이 하나 마련되는 사소한 성취가 약한 자들의 삶에는 발을 디딜 계단이 된다.

일주일이 지나고 민주가 돌아왔다. 바우는 민주의 기척을 느끼자 몸을 벌떡 일으키고 달려 나갔다. 민주는 신발도 제대로 안 벗고 들어와 바우의 얼굴을 만지고 부비고 얼싸안으며 요란한 상봉을 했다.

우리 바우, 잘 있었어? 그새 살이 좀 붙었네? 이제, 진짜 우리 집에 가자. 고마워, 유리야. 봄이도. 오늘은 잠시 병원에 들러야 해서 나중에 내가 크게 보답함.

바우는 민주의 품에 안겨 진짜 집으로 돌아갔다.

바우야, 잘 가.

웃으며 인사를 하던 봄이는 막상 바우가 시야에서 사라지자 조금 울었다.

바우가 있는 동안 내내 봄이는 유치원에 가지 않았다. 바우가 좋아서 그래, 라고 했지만 유치원에 가는 것 자체를 싫어한다는 걸 눈치챈 지 오래다. 하지만 왜 그런지는 물어보지 않았다. 이 작은 아이가 하고 싶지 않은 일은 하지 않으면 그만이다. 그래도 봄이 삼촌이 마음에 걸리는 건 어쩔 수 없었다. 그렇게 더 며칠이 지나자 봄이가 슬쩍 말을 건네 왔다.

유리 언니, 유치원은 꼭 다녀야 되는 거야?

그런 건 아니지.

유리 언니는 유치원에 다녔어?

응. 언니도 유치원에 다녔어.

언닌 유치원이 좋았어?

사실 나는 유치원이 좋았는지 아닌지 거의 기억에 없다. 그래도 나쁜 기억은 딱히 없었다. 하지만 열 살부터의 학교는 내게 지옥과 다를 바 없었다.

그냥 그랬어. 좋기도 하고 가기 싫기도 하고.

응.

봄이의 얼굴은 친구를 잃은 듯한 표정이 되었다. 나는 서둘러 말을 했다.

뭐 어때. 가기 싫으면 안 가도 돼.

영재 삼촌이 화낼지도 몰라.

걱정 마. 언니가 대신 혼나 줄게.

그러자 봄이는 내게 손깍지를 꼈다. 그 작고 보드라운 손의 따뜻한 온기가 차가운 내 손으로 건너왔다.


며칠 후, 가게에 나가자 아저씨는 봄이가 오늘은 유치원에 갔다고 전해 주었다. 다행이었지만 혹시나 삼촌에게 혼난 건 아닐까 하는 생각에 가슴이 졸아들었다. 아이들이 올 시간이 되어 가자 나는 유리창을 닦으며 노란 유치원 버스를 기다렸다. 예쁘장한 여자 선생님이 찬영이와 봄이를 차례로 내려 주자 그 둘은 가게를 향해 걸어오다 나를 보고 뛰기 시작했다.

유리 언니! 유리 누나!

이 어린아이 둘이 발음하는 내 이름에는 어떠한 불온의 기운도 없다. 찬영이는 가게로 들어가고 봄이는 가방을 내려놓고 다시 올라와 나와 같이 창을 닦기 시작했다.

봄이야, 혹시 삼촌한테 혼났어?

아니. 그냥 찬영이가 하도 졸라서 간 거야. 어, 삼촌이다!

창밖에서 봄이 삼촌이 봄이를 보며 손을 흔들고 있었다. 내게
는 살짝 고개를 숙여 인사했다. 평소보다 이른 시간이라 일이 좀
한가해졌나 싶었다. 때마침 손님 둘이 와서 나도 가게 안으로 들
어갔다.

주문받은 음료를 만들고 있는데 봄이 삼촌이 염소아저씨에게
오더니 다시 일이 길어져 지방으로 내려가게 됐다며 미안한 얼
굴로 봄이를 부탁했다. 아저씨는 늘 있던 일처럼 의연한 얼굴이
었지만 나는 삼촌이 오자 좋아하던 봄이가 가여워서 마음이 무
거워졌다. 봄이 삼촌이 봄이 옆으로 가서 손을 잡고 몇 마디를
하자 봄이는 밝았던 얼굴이 굳으면서도 고개를 끄덕였다. 손님
에게 음료를 가져다주고 오는 길에 무거운 발걸음으로 계단을
올라가는 봄이 삼촌과 눈이 마주쳤다. 나는 눈인사를 하고 바로
봄이에게 갔다. 봄이는 동화책을 펴고 있었지만 한참이 지나도
책장은 한 장도 넘어가지 않았다. 찬영이가 봄이와 같이 집에 간
다는 소식에 펄쩍 뛰며 좋아하자 아저씨는 찬영이를 불러 타이
르는 듯 잠시 이야기를 하고 있었다. 책장을 넘기지 못하는 손이
자꾸 볼과 팔을 긁어 댔다. 나는 봄이의 얼굴과 팔에 조금씩 붉
은 것이 생겨나는 것을 보았다. 혹시 홍역인가. 찬영이는 아빠한

테 혼나면서도 여전히 헤헤거리며 웃고 있었다. 그러더니 내가 아저씨에게 가자 재빨리 봄이 쪽으로 뛰어갔다.

아저씨, 봄이가 홍역에 걸린 것 같아요.

아저씨는 난처한 기색이었다.

찬영이는 홍역을 앓았어요?

아니, 아직.

이미 전염됐을지 모르지만 우선 제가 봄이를 데리고 병원에 갈게요. 홍역이 확실하면 제가 봄이를 당분간 데리고 있을 테니 아저씨가 봄이 삼촌에게 전해 줘요.

병원이 문을 닫기 전에 봄이를 데리고 서둘러 가게를 나섰다. 홍역이었다. 의사에게 주의 사항을 듣고 약을 받아 집으로 돌아와 살펴보자 몸 전체에 열꽃이 번져 가고 있었다. 봄이는 갑자기 생긴 붉은색 반점과 간지러움과 높아지는 열에 당황했다.

봄이야, 괜찮아. 이건 누구나 한 번은 걸리는 홍역이라는 건데 병이 아니야. 언니도 딱 너만 할 때 홍역에 걸렸는데 이렇게 멀쩡하잖아. 금세 낫는 거니 걱정하지 마.

봄이가 잠들면 나는 봄이 손에 엄마의 앙고라 장갑을 끼워 주었다. 예쁜 얼굴과 작은 몸에 어떤 흔적도 남지 않도록. 그나마 한여름이 아니라서 다행이었다. 봄이는 얼굴과 몸에 작은 흔적 하나 없이 홍역을 치러 냈고 나는 한동안 뜬눈으로 며칠 밤을 지새웠지만 하나도 피곤하지 않았다. 다만 혼자 홍역을 앓았던 나의 열한 살을 떠올렸다. - *봄이에게는 일부러 거짓말을 했다.* - 내 홍역이 전염될까 봐 남동생은 아빠의 방으로 옮겨졌지만 남동생도 결국 홍역에 걸렸다. 하지만 남동생은 홍역이 다 낫고도 이미 면역이 생긴 내가 있는 방으로 돌아오지 않고 다른 방으로 옮겨져 자신만의 방을 가지게 되었다.

봄이의 홍역이 다 낫자 이번에는 찬영이가 홍역에 걸리고 얼마 지나지 않아 수두까지 걸려 버렸다. 봄이 삼촌은 그사이에 한두 번 서울로 올라와 봄이를 잠시 보고 가기는 했지만 그의 팀이 야무지게 일을 잘한다는 입소문이 나면서 더 바빠졌다. 아저씨와 봄이 삼촌은 내게 미안해했지만 나는 봄이와의 늘어난 시간을 한껏 움켜쥐었다. 봄이 삼촌은 타인의 집을 설계하며 고객의 눈 안에 들어 있는 더 쾌적하고 행복한 미래를 꿈꾸는 설렘과 깐깐함 앞에서 무너져 버린 자신의 집을 떠올릴까. 집의 구조 따위는 사실은 생에서 어떤 든든한 방어벽도 되어 주지 못한다고 말하고 싶을까. 아니면 무심함으로 똘똘 뭉쳐져 자신을 분리시켜 가는 중일까. 이미 과거에 멈춰진 가슴으로 타인의 미래를 위해 육체는 수많은 자재들을 고르고 설계도를 수도 없이 시정하며 고객이 원하는 것을 앞에 가져다 놓기에 바빠 뇌의 과부하에 현실감각을 잊고 있을까. 나는 영재의 지금 시간이 조금 더 속도를 내 줬으면 좋겠어. 염소아저씨의 말에 나는 손을 대어 꾹 눌렀다.

민주가 출장을 가거나 봉사 활동을 하러 집을 비울 때면 이제 바우는 우리 집에서 지내는 것이 자연스런 일이 되었다. 봄이와 바우는 둘만의 언어를 가지고 있는 것 같았다. 마치 온도계를 샀던 가게 주인의 말처럼 서로를 보완하고 지켜 준다. 힘차게 흔들어 대는 바우의 꼬리 짓은 아래로 처져 있던 첫날을 씩씩하게 지워 냈고 봄이와 같이 낮잠을 자는 모습은 바라보는 것만으로도 그저 평온하다. 종종 위축감이 사라진 바우의 깊고 맑은 눈동자와 눈을 오래 맞추다 보면 설명하기 힘든 감정들이 든다. 이 지상에는 없는 호수를 들여다볼 수 있는 귀한 권력을 부여받은 것 같다.

눈이 내린다. 봄이와 바우는 평평 내리는 눈밭에서 뒹굴고 뛰어다닌다. 봄이는 내 엄마의 앙고라 장갑을 끼고 작은 손으로 눈을 뭉치며 눈사람을 만들기 시작했다. 홍역이 다 낫고도 내가 빨아 놓은 앙고라 장갑을 자꾸 만지고 껴 보기에 나는 봄이에게 홍역을 이겨 낸 기념으로 주었다. 바우는 하얀 세상에 반해 눈이 어지러울 정도로 여기저기를 신나게 질주 중이다. 추위에 유독 약한 민주는 벌벌 떨면서도 봄이 옆에서 같이 눈덩이를 열심히 뭉치고 있다. 에라, 모르겠다. 나는 푹신한 눈 위에 누워 버렸다. 내 눈 위로 눈이 내리자 나는 눈을 감았다. 그러자 기다렸다는 듯이 기억의 단면 하나가 떠올랐다. 언제였는지는 모르겠지만 한밤중에 자다가 얼핏 깨자 엄마는 혼자 TV를 보고 있었다. 방의 불은 꺼져 있고 TV 소리는 작았지만 흘러나오는 음악 소리는 들을 수 있었다. 청량하고도 왠지 슬픈 음악 속에서 예쁜 한 쌍의 연인들이 하얀 눈밭에서 뒹굴고 눈을 입에 넣어 먹기도 하는 행복한 모습이 보였다. 나는 엄마를 부르려다 말았다. 화면을 보느라 몰랐지만 엄마의 등과 어깨는 울고 있었다. 마른 등과 어깨는 들썩였고 엄마의 손은 얼굴과 바닥을 오갔다. 엄마는 엄마만의 세상에서 혼자 있는 것같이 느껴졌다. 왜 엄마는 저렇게 행복한 장면을 보며 울고 있을까. 어린아이에게 어른의 눈물은 세상이 무너지는 것 같은 불안과 당혹감을 갖게 한다. 어린 나는 쿵쿵 뛰는 심장을 견뎌 내지 못하고 다시 벽으로 몸을 돌린 채 잠을 청했다. 다음 날 엄마의 얼굴을 살피자 여느 때와 다름없어 나는 그저 내가 꿈을 꾸었나 생각하고 말았다. 나중에 그 영화가 유명한 〈러브 스토리〉라는 건 알게 되었지만 나는 그 영화를 다시는 본 적이 없다.

　언니, 오늘은 영하 2도야.

언니, 오늘은 온도가 높아. 눈사람이 녹는 건 싫은데.

봄이는 내 집에서 자고 일어날 때면 아침마다 까치발을 하고 초록색 온도계의 눈금을 읽었다.

그럼 다음에는 작은 눈사람을 만들어 냉동해 놓을까? 그럼 안 녹지.

와아, 진짜 유리 언니는 최고야.

어느새 말이 많이 늘어나고 웃는 얼굴이 이제는 예쁘기만 한 봄이는 가끔은 먼저 찬영이에게 장난을 걸기도 했다. 하지만 정말로 봄이는 한 번도 엄마를 찾지 않았다. 나는 나의 다섯 살을 되돌려 보았다. 특별한 기억이 나질 않는다. 엄마라는 존재는 그냥 당연히 있는 거라는 생각조차 해 보지 않았던 것 같다. 봄이와 찬영이는 유치원 친구들의 엄마들을 보며 어떤 감정을 느끼고 있을까. 그나마 아빠라도 든든히 버티고 있는 찬영이는 덜할까. 그래도 한 곳이 시린 찬영이는 그래서 유난히 봄이와 떨어지기 싫어하고 봄이는 찬영이가 귀찮아서가 아니라 자신과 별다를 것 없는 작은 손을 잡으면 더 크고 부드러운 어른의 손이 자신에게 없다는 것을 느껴 가끔씩 차갑게 찬영이의 손을 놓아 버리는 게 아닐까. 찬영이는 종종 엄마를 불러 대며 운다고 했다. 그건 가슴 아프지만 동시에 당연하고 다행스러운 일이었다. 울어도 달라지는 건 없지만 그건 부재를 받아들이는 과정에 따라

오는 정직한 반응이며 한바탕 밖으로 흘려 내보낸 만큼의 짙은 소금기가 가슴속 커다란 바위를 조금씩 부식시켜 언젠가는 조금 더 작은 크기의 바위로 만들지도 모를 일이다.

유독 세찬 겨울바람이 불던 어느 밤, 잠을 자던 봄이가 잠꼬대를 하기 시작했다. 이마에는 축축한 땀까지 배어나서 봄이가 놀라지 않게 조심해서 깨우려고 하는 순간, 봄이의 입에서 엄마, 라는 말이 나지막이 흘러나왔다. 봄이는 지금 꿈속에서 엄마를 만난 걸까. 나는 봄이의 꿈이 악몽이라는 확신을 가질 수가 없어 깨우지 못하고 가만히 지켜보았다. 잠시 후, 봄이는 다시 고른 숨을 쉬며 편해졌다. 나는 봄이 이마에 맺힌 땀을 조심스레 닦아주고 누웠지만 이미 잠은 달아나고 없었다.


봄이 왔다. 봄이와 찬영이는 같은 초등학교에 들어갔다. 찬영이는 봄이와 같은 반이 되지 못해 울상이 되었지만 봄이는 오랜만에 서울로 올라온 영재 삼촌 때문에 들떠 있었다. 운동장에서 간단한 입학식이 끝나자 아이들은 각자의 반으로 들어가고 교실 밖은 저마다 자신의 아이를 불안함과 신기함으로 바라보는 부모들로 북적였다. 나와 영재는 단정히 책상에 앉아 담임선생님을 보는 봄이의 모습을 같이 바라보았다. 봄이와 같은 반이 된 아이들은 대놓고 봄이의 예쁜 얼굴을 쳐다보았고 자신의 아이

에게만 시선을 고정하던 방금 학부형이 된 엄마들도 어느새 힐
끗거리며 영재를 쳐다보았다.

저, 유리 씨, 고마워요.

봄이 삼촌이 봄이를 한참 보다가 내게 고개를 돌려 말했다.

아니에요. 저도 봄이랑 지내는 게 좋아요.

염치없지만 무슨 일이 있으면 연락해요.

내 손으로 온 명함은 건축 설계사 민영재가 아니라 봄이의 삼
촌이라는 신분증이었다. 휴대폰 번호가 적힌 신분증을 받고 명
함이 없는 나는 가방 속에 있던 종이에 내 번호를 적어 건넸다.
이름은 적지 않았다.

봄이는 일주일의 반 정도는 염소아저씨의 집에서 보내고 나
머지 날들은 내게 왔다. 그러자 찬영이는 아빠를 졸라 종종 내
집으로 와서 자고 가기도 했다. 아저씨, 애들 걱정 말고 그사이
에 연애라도 좀 해요. 내가 말하면 아저씨는 그럴까, 하고 나직
이 웃으며 전화를 끊었다. 봄이와 찬영이에 바우까지 합세하는
날이면 내 집은 어리고 보드랍고 따뜻한 존재들이 뿜어내는 온
기로 후끈해졌다. 환절기가 되자 털갈이를 하는 바우의 털이 집
안 곳곳에 솜사탕처럼 뭉쳐 둥실 떠다녔다. 거의 조용하던 TV
에서는 〈요괴워치〉나 소피아 공주가 나오는 만화 소리가 흘러
나오고 찬영이가 요란하게 쿵쿵거리며 뛰어다니는 바람에 아래

층 아주머니에게 주의를 듣는 일도 생겼다. 나는 세 명의 자식을 가진 정신없이 바쁜 엄마처럼 저녁을 만들고 알림장을 살펴 다음 날 필요한 준비물을 사러 마트를 드나들고 달력에 바우를 씻긴 날을 동그랗게 표시하고 내일 아침에는 무얼 먹일까, 하는 생각을 하다 잠이 들었다. 봄이 끝나 갈 무렵부터 늘 무의식적으로 찾아오던 몸살이나 심한 무력감도 조금 잠잠해졌다. 엄마의 기일은 늘 먹먹했지만 올해의 늦은 봄만은 처음으로 슬픔의 눈금이 조금 내려갔다.

봄이의 담임선생님이 상담을 요청했다. 봄이 삼촌은 아직도 지방에 내려가 있었고 마침 염소아저씨도 그날따라 중요한 일이 있어 나는 봄이의 보호자 자격으로 - *대강 가까운 친척 정도로만 둘러댔다.* - 내 또래의 젊은 여자 선생님과 마주 앉았다. 내가 자리에 앉자마자 기다렸다는 듯이 말이 건너왔다.

봄이는 공부도 잘하고 착한데 이상하게 친구들과 거의 말을 하지 않아요.

그러면서 무슨 신경정신과 의사 흉내라도 내는 듯이 몇 장의 종이를 소리 내어 넘기며 봄이의 엄마 이야기와 현재 봄이가 아빠와 같이 지내지 않는다는 사실을 들먹이더니 결국 노골적으로 말하고 싶었던 것을 내 앞에 휙, 하고 던졌다.

왠지 봄이는 어린아이 같지가 않아요.

그 말에 나는 간신히 누르고 있던 화가 폭발했다. 보통의 엄마라면 도도하거나 도도하고 싶은 그 담임선생님이 맘에 안 들어도 비위를 맞추거나 촌지를 슬쩍 건넸을지도 모르지만 나는 그 눈빛을 똑바로 보며 말했다.

봄이는 원래 말이 많은 아이가 아니에요. 그리고 그건 봄이의 부모님 일과는 상관없는 일이에요.

담임선생님은 답답하다는 표정을 지으며 고개를 설레설레 저었다.

정말로 봄이 엄마의 일이, 그리고 지금 봄이의 환경이 봄이에게 어떤 영향도 없다고 믿는 건 아니시죠? 그건 어른들에게도 트라우마가 될 만한 일인데요. 봄이에게 전문가의 도움이 필요한데 그냥 방치하는 건 아닌가 싶어서요. 걱정에 드리는 말씀이에요.

봄이가 너무 말이 많은 아이였어도 아마 선생님은 똑같이 말씀하셨을 거예요. 그 일과 봄이의 모든 것을 무조건 연결시키는 건 봄이에 대한 편견이에요.

편견이라니요? 편견이란 뜻을 제대로 알고 하시는 말씀인지 정말 답답하네요.

편견이란 마음으로 헤아리는 것이 아니라 눈으로 나와 있는 결과만을 슬쩍 보고 모든 것을 끼워 맞추는 일입니다. 어차피 굳어져 절대 변하지 않고 움직일 용의가 전혀 없으면서도 그것에 침묵하지는 못하고 지껄여 대는 일입니다. 안전한 울타리 안에서 건너편에 있는 경계선을 넘을 상상의 용의도 전혀 없으면서 다 안다는 듯이 자신을 표현해야 살 수 있는 인간들이 편견 그 자체지요. 그리고 절대 알지 못합니다. 자신이 타인이 이미 가지고 있는 고통에 쓸데없는 고통 하나를 더 보태는 만행을 저지르는 것도 모르는 둔한 자아를 가졌다는 것을. 그건 결국 자신이 어떤 시선과 등급을 가진 사람인지 들키는 일 이상 아무것도 아닙니다.

하지만 그 말은 내 안에서만 했다. 봄이 담임선생님은 자신의 의도대로 이야기가 흘러가지 않자 이제 나를 공격하기 시작했다.

그런데 그쪽은 봄이랑 친척이라는데 정확히 어떤 관계이신지.

선생님보다는 봄이를 잘 아는 사람입니다.

교무실을 나오자마자 나는 후회했다. 내가 한 말과 내가 감추지 못한 적대적인 눈빛이 혹시라도 봄이에게 해가 될까 봐 걱정이 됐다. 하지만 한편으로는 다른 엄마는 몰라도 나의 엄마라면 아마도 나처럼 했을 거라고 생각하며 불안함을 조금은 다스릴 수 있었다.

입학식 날 삼촌의 얼굴을 보고 두 달이 넘어가자 봄이는 부쩍 울적해했다. 대놓고 삼촌 이야기를 꺼내지는 않았어도 학교에서 돌아오면 그냥 소파에 늘어져 있거나 만화를 보면서도 눈빛은 멍했고 좋아하던 책도 읽지 않는 날들이 늘어 갔다. 내 휴대폰으로 이틀에 한 번은 걸려 오는 삼촌의 전화를 받고 나면 잠시 밝아지기는 했어도 금세 마음이 가라앉아 말수가 더 줄었다.

봄이야, 언니만의 비밀 장소가 있는데 가 볼래?

비밀 장소?

봄이는 잠시 생각하더니 일어나 옷을 갈아입었다. 헐렁한 원피스에 작은 몸을 넣는다. 맞는 사이즈가 없었는데 봄이가 너무 마음에 들어 해서 샀던 옷이다. 나도 봄이와 같이 산 노란색 원피스를 입었다. 지하철을 타고 이십 분 정도를 가는 동안에도 봄이는 별로 말이 없었다. 내 손을 잡은 작은 손에 기운이 없어 도착지에 가까워질 때마다 곧 도달할 공간을 봄이가 좋아했으면 하는 마음에 불안하기도 설레기도 했다.

봄이야, 여기야.

계단을 내려가 문을 열자 거대한 광장이 펼쳐졌다. 그 광장 속에는 책장들로 만들어 낸 무수한 골목들이 갈라져 있었고 책장마다 셀 수도 없는 많은 책들이 종류별로 분류되어 있었다. 나는 오랜만에 책의 냄새를 들이마시며 봄이의 손을 잡고 조금 더 안으로 들어갔다. 평일이라 사람도 많지 않았고 여기에 있는 사람들 모두 책에 몰두해 있어 그 큰 공간은 적막하지 않고 부드러운 숨소리와 조용히 옮기는 발소리들로 아늑했다.

봄이야, 여기는 중고 서점이야. 책들이 가득 찬 창고라고 생각하면 돼. 사람들이 다 읽고 난 책을 가져다 놓고 또 그 책을 읽고 싶은 사람이 와서 다시 데리고 가는 거야. 이곳은 책을 좋아하는 사람만이 들어올 수 있어. 봄이가 책을 좋아하는 걸 알고 문이 반가워하며 활짝 열린 거야.

봄이는 이미 이곳에 마음을 빼앗긴 것 같았다. 어느새 내 손을 놓고 혼자 움직이기 시작한 봄이를 나는 일부러 혼자 두고 지켜보았다. 봄이는 내가 알려 주지 않았어도 여러 골목들 속에서 동화책의 골목을 혼자 찾아냈다. 봄이가 책 한 권에 드디어 손을 내미는 걸 보고 나는 근처에 있는 검색대에서 내가 구하던 책을 검색했다. 중·고등학교 때, 나는 여기서 많은 시간을 보냈었다. 유독 더 집에 돌아가기 싫은 날에는 집 앞의 골목이 아닌 이곳의 골목으로 숨어들었다. 그리고 한 권의 책을 골라 사람이 한적한 기둥을 찾아 학교에서의 시끄러운 소음과 불편하지만 벗어날 수 없는 집의 적막을 같이 내려놓았다. 그러면 긴장에 고단했던 내면도 슬쩍 밖으로 나와 한껏 기지개를 펴며 잠시 나에게서 벗어났다. 여기서는 아무도 서로를 차가운 눈으로 쳐다보지 않았고 자신에게만 집중했으며 두 시간이 넘게 바닥에 앉아 책을 읽어도 상관하지 않았다. 내가 구하던 책 세 권 중에 한 권만이 재고가 남아 있었다. 나는 서가 번호를 출력해 손에 들고 봄이를 살폈다. 봄이는 아까 그 자리에서 여전히 책을 들춰 보며 집중해 있었다. 나는 얼른 한 권의 책을 찾아 들고 봄이 곁으로 갔다.

봄이야, 여기 어때?

응응.

봄이의 대답은 좋다는 뜻이었다. 책 속에 빠져 내 얼굴을 쳐다보지도 않는다. 나는 마음이 놓여 조금 떨어진 곳에서 책들을 둘러보았다. 봄이는 이제 조금씩 움직여 다른 골목들을 들여다보기 시작했다. 나는 나대로 책을 구경하면서도 봄이가 이 골목에서 저 골목으로 옮겨 가며 책과 책 사이로 속도를 내는 바람에 골목 사이에서 순간적으로 나타났다 사라지는 봄이의 노란색 치맛자락 끝을 따라잡느라 정신이 없었다. 우리는 같은 공간의 다른 골목에서 자신이 원하는 곳에 자유롭게 머물며 평온한 숨바꼭질을 하는 것 같았다. 그리고 십오 분이 더 지나자 봄이가 내게 왔다. 손에는 세 권의 책이 들려 있었다.

유리 언니, 나 여기가 너무 좋아. 또 데려와 줘.

그럴 줄 알았어. 언제든지 또 오자.

봄이는 내 말에 입이 활짝 벌어졌다.

마음에 드는 책들이야?

봄이가 고른 책은 내가 어른의 자격으로 잠시 살펴봐도 그림
도, 내용도 모두 좋은 책들이었다. 우리는 네 권의 책을 안고 집
으로 돌아왔다. 봄이는 다시 책을 열심히 읽기 시작했다. 그리고
종종 주말이면 우리는 이곳으로 짧은 여행을 오곤 했다.

시간을 인식하지 않는 것이 평온이라는 걸 나는 처음으로 알
았다. 세상에는 그냥 흘러가는 시간이라는 것이 존재하고 있었
다. 나는 열 살의 여름 이후로 그것을 가져 보지 못했다. 다른 사
람들은 이런 시간을 얼마나 가지고 살고 있는 걸까. 시계가 소리
를 내지 않고 부드럽게 흐르며 회전 관람차가 되어 한 바퀴를 돈
다. 어느새 최고로 높은 곳에 이르면 아래로 펼쳐진 풍경에 감탄
하다 추락의 충격 하나 없이 사뿐히 지상으로 돌아오곤 하는 하
루하루. 재미없다, 심심하다, 라는 말을 할 수 있는 것. 가보고 싶
은 곳이 많아 노트에 적고 휴가를 기다리는 것. 시간이 너무 빨
라, 하루가 48시간이면 좋을 텐데, 라고 말을 할 수 있다는 것. 휴
일이면 밀린 드라마를 보며 늘어져 있다 낮잠에 빠지는 느긋하
고 나른한 일상. 그것이 누군가에게는 전혀 당연하지 않다는 것
을 그들은 알고 있을까. 나는 그것까지는 바라지도 않는다. 언젠
가 책에서 읽었다. 중국 사람들은 고양이의 눈 속에서 시간을 읽

는다고 한다. 영원은 순간을 선형적으로 이어 놓은 게 아니라 순간 속에서 영원을 보는 것이다. 한번 사로잡혀 버린 시간은 영원이다. 나는 이 소소한 나날들 속에서 처음으로 영원을 곁눈질했다. 더 이상 바랄 것이 없다. 나는 이것으로 충분하고 충분하다.

유리 씨.

나는 가게에서 떨어지는 더치커피의 방울을 멍하니 보고 있던 중이었다. 물고기의 떨림도 없이 내 앞에 갑자기 봄이 삼촌이 서 있다. 아저씨는 아이들을 데리러 학교에 마중을 나가고 없었다.

그는 뭐가 급한지 본론으로 바로 들어갔다.

혹시, 봄이 아빠가 영국에 있다는 얘기도 들으셨어요?

네.

저, 봄이, 한 달 후에 아빠한테 보내기로 했어요. 봄이에게 아직 말은 못 했지만.

가슴이 철렁 내려앉았다. 나는 나도 모르게 거칠게 말을 내뱉었다.

싫어요. 봄이 아빠는 아직 안정되지 않았잖아요. 제 말은……

아, 그러니까 봄이가 원하는 게 아니라면.

그의 눈동자 속의 그늘이 미세하게 흔들린다.

무슨 말인지 알아요. 유리 씨 덕에 봄이가 많이 밝아졌는데. 그래도 봄이 아빠는 좋은 사람이에요. 나도 제대로 돌보지도 못했지만 보내기 싫어요.

나는 더 이상은 아무 말도 하지 못했다. 서늘한 그 눈빛 앞에서 무슨 말을 할 수 있을까.


저녁 메뉴는 봄이가 좋아하는 음식들로 준비했다. 모두가 도착하자 바로 저녁 식사는 시작됐지만 음식은 거의 줄어들지 않았다. 그나마 찬영이가 부산하게 움직이고 떠드는 바람에 그런대로 흘러갔지만 찬영이도 거의 먹은 것이 없었다. 봄이는 분명히 이 자리의 의미를 알고 있으면서도 여전히 바우와 찬영이와 장난을 치며 흔들림이 없다. 침묵을 견디지 못한 민주가 냉장고에서 맥주와 소주를 꺼내 오자 모두가 그것에 어떤 구원이라도 있다는 듯이 술잔 앞으로 모여들었다. 나도 민주가 따라 준 소주를 한잔 마시기는 했지만 어떤 맛도 느끼지 못했다. 봄이 옆에 붙어 있던 바우가 졸기 시작하자 봄이는 내 손을 잡고 방으로 이끌었다.

유리 언니.

나는 봄이를 안지도 못하고 머리를 쓰다듬어 주지도 못한다.

아빠가 봄이를 너무 보고 싶어 하셔서.

봄이는 동그랗게 말린 종이를 내밀어 내 손에 살짝 넘겨주었다.

응. 근데, 유리 언니, 나, 사실은 아빠 얼굴이 기억이 잘 안 나.

아빠 얼굴을 보면 금방 기억날 거야. 걱정하지 마.

있잖아, 유리 언니, 나 부탁이 있어.

응. 뭐든지 말해.

이건 비밀이야.

응. 비밀은 지켜 줄게. 편히 말해 봐.

언니한테만 하는 말인데 영재 삼촌은 머리가 자주 아픈가 봐. 내가 물어보면 안 아프다고 하는데.

삼촌과 둘이 있던 집 안의 풍경이 가슴속으로 바로 아프게 떠오른다.

영재 삼촌은 집을 만들잖아? 그래서 아마 생각할 게 많아서 그럴 거야.

아, 그렇구나. 그리고 언니, 바우는 민주 언니가 있지만 유리 언니도 많이 데리고 있으니까 잘 돌봐 줘.

그럼, 그럼. 걱정 마. 삼촌도, 바우도. 언니가 잘 지킬게.

나는 서랍장을 열어 봄이에게 주려고 준비해 두었던 작은 상자를 꺼내 작은 손에 건넸다.

거대한 무기력이 덮쳤다. 봄이가 영국으로 가고 얼마 지나지 않아 결국 아저씨 가게 일도 그만두고 염소아저씨와는 가끔 전화나 문자로 안부를 물으며 지냈다. 이제 벽에는 통장 대신에 봄이가 준 그림이 걸려 있었다. 봄이의 그림에는 은은한 달빛이 비추는 커다란 창 아래에서 봄이와 바우와 내가 나란히 누워 잠들어 있었다. 우리는 셋 다, 행복한 꿈을 꾸고 있는 듯이 입이 웃고 있었다. 하지만 나는 그 그림을 자주 쳐다볼 수가 없다.

가게로 좀 와 줘.
염소아저씨의 다급한 심정이 전화기로도 그대로 전해졌다.
괜찮아 보였는데 역시 타격이 컸나 봐. 영재가 지금 가게에서 술을 붓고 있어.
나는 곧장 가게로 달려갔다. 가게 문에는 Close, 라고 뒤집힌 팻말이 보였다. 가게 한구석에 아저씨와 영재가 앉아 있다. 탁자 위에는 맥주병과 소주병이 마구 널려 있었다. 여기서 대체 내가 무슨 일을 할 수 있을까. 내가 들어가자 아저씨는 가게 열쇠를 건네주고 바로 일어났다. 내가 당황해서 아저씨 뒤를 따라가자 아저씨는 말했다. 영재를 떠넘기려는 게 아니야. 말은 안 하지만 영재가 유리 씨를 보고 싶어 하는 것 같아서. 그가 보고 싶은 건 내가 아니라 그의 누나다. 나는 탁자 위에 놓여 있는 맥주병을 하나 땄다. 술을 많이 마셨다는데도 그의 눈동자에는 취기라고는 전혀 없다. 그는 지금 여기에 없다. 누나와 둘이 살아가던 과거로 가 있다.

부재에 대한 감각은 특별한 존재가 생기면 더 분명히 따라오는 것이다. 이 세상의 모든 미래는 부재를 품고 있다. 예약할 필요조차 없는 그 명확한 진실이 인간에게 불안과 안타까움과 불온한 상상과 무력감을 끝없이 일깨운다. 소중할 것일수록 그 감각은 짙다. 불안은 시간을 앞서가 시간을 증오하기도 하고 다가올 시간에 간청을 하기도 한다. 시간이란 나이가 들지 않는 늙은 독재자이다. 한 번도 멈추지 않는다는 그 성질 하나로 모든 것을 무너뜨리고 지배한다. 처음부터 존재하지 않았던 것에는 부재도 없다. 생명을 지닌 모든 것에 어김없이 내려앉는 그 부재 앞에서는 모든 인류가 예외 없이 겪는 저주라는 사실도 위로가 되지 않는다. 기어코 눈앞에 소멸로 가는 과정이 시작되면 어떤 강력한 마음의 준비도 소용없고 그 잔인함과 난폭함에 심장을 움켜쥐어도 숨은 여전히 뛰고 있다. 배반감을 느낀다. 가장 사적이고 개인적인 그 시간은 움켜쥐려는 발악과 보냄을 받아들여야 하는 애달픔이 번갈아 가며 정점의 후렴구 중에서도 한 음만을 골라 거칠게 찍어 대는 파괴의 손가락으로 변하고 그 음 하나가 울릴 때마다 영혼은 몸을 뒤틀며 고스란히 타들어 간다. 진짜 현실은 그동안 지우려 했지만 살아남았던 어떠한 상상과도 비할 수 없다. 그리고 그 모든 과정이 끝나면 누군가는 유령이 된다. 둘이 합쳐져서 낼 수 있었던 그 온기는 아직도 생생한데 세상의 모든 현재는 그것이 지금은 없다고 한다. 만질 수 없고 더듬을 수 없고 말을 걸 수 없다고 한다. 누군가는 말한다. 백 년이 지나면 우리 모두는 이 지상에 없다고. 만남이 있으면 헤어짐은 당연하고도 당연한 거라고. 잘 받아들이는 것도 능력이라고. 사랑도 지나치면 독이 된다고. 자신을 해치는 대신에 추억이라는 새로운 이름을 붙이고 앞을 보며 살아가라고. 추릴 수 있는 행복까지 놓치는 건 위험하고 어리석은 일이라고. 하지만 나는 알고 있다. 예전에 알아 버렸다. 그런 인간들이 얼마나 자신의 사소한 고통에는 분노하고 억울해하고 남을 비난하기에 거침이 없으며 자기 합리화에 능한지. 타인의 생 앞에서만 현자가 되는 그들을 대신해 내 얼굴을 붉히지 않기로 한 지 이미 오래다. 그리고 내가 언제 이해를 바란 적이 있었던가.

무언가를 잃었다는 것은 그것을 언젠가는 가지고 있었다는 뜻이고, 잊어야 한다는 것은 지금 홀로 남았다는 것이며, 사라질 것이 남았다는 뜻은 현재 내 곁에 그것이 생생히 실존하고 있다는 것이다. 유일한 도피처였던 몽상 속에서도 쉴 수 없는 파멸, 영혼의 급하강, 이제 어떤 허황된 주문도 실은 힘이 없었다는 도

무지 믿어지지 않는 거대한 미래. 평생을 버텨 냈지만 슬픔만
은 없애지 못한 노인의 생으로 직행하는 것이다. 사랑받지 못하
는 고통은 사랑을 주던 대상을 잃고 빈손을 어디에 두어야 할지
모르는 일에 비하면 아무것도 아니다. 공허가 서글픔을 이긴다.
적어도 나에게는 그렇다. 사랑을, 구원을, 변치 않음을 믿지 못
하는 인간의 영혼 위로도 또 다른 사랑이, 구원이, 영원한 순간
이 흐르니 그것이 다름 아닌 벌이다.

맥주를 두 병째 마시다 잠이 든 내가 눈을 뜨자 영재는 없었
다. 열쇠로 가게 문을 잠그고 밖으로 나오자 거리에는 내가 감당
할 수 없는 눈부신 태양이 쏟아진다. 나는 지독한 권태와 괴리감
으로 눈을 뜰 수가 없다. 나는 고개를 숙이고 나만의 동굴을 향
해 걸음을 재촉한다. 나는 모자를 최대한 눌러쓰고 집을 향해 달
린다. 아니, 집으로 돌아오지 못했다.

나는 두 번째로 그 광산의 문 앞에 서 있다. 나를 보자 문은
내가 처음 발을 디뎠던 열 살 때처럼 내 앞에서 주저 없이 열린
다. 만약, 문이 잠시라도 열리기를 주춤했거나 열리지 않았다면
나는 되돌아설 기회를 얻었을지도 모르겠다. 하지만 문은 거침
없이 열렸고 나는 빨려 들어가듯 방으로 들어간다. 열 살의 방

과 달라진 것을 본다. 천장에는 전등과 그 아래 썩은 동아줄처럼 늘어진 밧줄이 좌우로 흔들리고 있다. 잡아당겨서 열라. 밧줄은 말한다. 그러나 그 줄을 당겨 빛을 받아 낼 힘이 있는 사람은 애초부터 이곳에 오지도 않을 것이다. 많은 이들이 이곳에 도달했더라도 문 앞에 새겨진 글자에 놀라 뒷걸음치다가 결국은 문이 열리기도 전에 멀리 도망치기도 했을 것이다. 어둠이 눈에 익자 처음으로 그 방 안에 나 말고 다른 누군가가 있다는 것을 느꼈다. 방 가장 깊은 곳에 앉지도 못하고 구부정히 서 있는 그림자가 있다. 나는 불렀다. 꿈속에서처럼 내 목소리는 깊이 메어 있지만 나는 내가 낼 수 있는 희미한 울림에 모든 힘을 쏟는다.

봄이 삼촌, 영재 씨, 영재야.

그는 조금도 움직이지도 고개를 돌리지도 않는다. 그는 언제부터 이 방에 있었던 것일까. 이곳은 쉼터가 아니다. 몸을 숨길 수 있는 안전한 장소도 아니다. 고해성사를 받아 주는 곳도 아니며 무거운 자신을 의탁할 만큼 편안한 장소도 아니다. 이곳은 아직 지상에 발이 잡혀 있는 사람들의 지옥이다. 물속에서처럼, 우주의 무중력 속에서처럼 나는 그를 가볍게 안아 문 밖으로 던져 버리고 싶지만 내 몸에는 힘이 들어가지 않는다. 나는 그에게로 기어가듯 다가가 간신히 늘어져 있는 그의 손목을 잡았다. 그러자 그가 늘어난 시간처럼 천천히 내 눈을 마주 보았다. 나는 온 힘을 다해 말한다. **네 탓이 아니야.** 그의 눈동자는 어디도 바라보고 있지 않다. 나는 그 텅 빈 눈동자에 힘껏 말을 던진다. **여기서 나가.**

기다리던 봄이 소식이 왔다.

염소아저씨에게 온 봉투 속에는 봄이 사진 한 장만이 들어 있다. 다른 사진 한 장은 영재가 가져갔다고 했다. 봄이 아빠를 도무지 알 수가 없다. 한마디 안부도 없이 달랑 두 장의 사진만을 보내며 무슨 생각을 했을까. 봄이는 글씨도 쓸 줄 아는데 왜 편지 한 장이 없지? 민주의 말에 모두가 여전히 할 말을 찾지 못한다. 사진 속 봄이의 얼굴은 다시 입이 없는 그림이 되어 있었다. 염소아저씨는 어두운 얼굴로 그 사진을 나에게 주었다. 어쩌면 아저씨에게만 온 편지 내용이 좋지 않아 보여 주지 않는 걸까 싶기도 했지만 물어볼 수가 없다. 나는 그 사진을 차마 벽에도 붙이지 못하고 그 아래 내려놓았다. 걱정과 분노의 밤을 보내면서도 내가 할 수 있는 일이 있다면 아마도 염소아저씨나 영재가 더 먼저 움직일 거라는 생각으로 간신히 마음을 식혔다. 매일 다른 눈금을 가리키는 초록색의 온도계를 보며 종알거리던 봄이의 목소리를 다시 듣고 바우의 귀를 쓰다듬을 때마다 그 속에 들어 있는 봄이의 말들을 어루만진다. 창에는 오래된 먼지가 들러붙어 있다. 나는 한 시간 가까이를 소모한 후에야 겨우 몸을 일으켜 창을 닦기 시작했다. 창이 조금씩 투명해지자 창밖에 서 있는 누군가가 보인다. 환영인가. 영재가 박제된 듯이 서서 창을 올려다보고 있다.

아름다운 나르키소스는 없다. 자신의 아름다움을 조롱하며 호수에 잠길 수도 없다. 손끝에 남아 있는, 짧게 스쳐 가던 누나의 차가운 손의 촉감을 매일 되돌리기를 하며 스스로 사후경직 중일지도 모른다. 봄이가 눈앞에 없어도 단죄와 책임감에서 가벼워질 수 없는 그는 자신과의 싸움에 너덜거려진, 어쩌면 이제는 무엇과 싸우고 있는지조차 알지 못하는 그저 하나의 지친 인간이었다. 나는 그를 끌고 들어와 침대에 무조건 눕히고 방문을 조용히 닫았다. 완전한 쉼, 이 안 된다면 잠시의 숨, 이다. 내면을 완전히 장악한 고통은 에너지를 필요로 한다. 엄청난 체력을 요구한다. 고통을 극복하기 위해 힘을 내는 것이 아니라 버릴 수 없는 고통의 생존을 위해 숙주가 먹고 자는 것이다. 원망이나 증오는 악일지언정 그 자체에 에너지를 품고 있고 때론 상승으로 이끄는 원동력으로 전환되기도 하지만 회한과 단죄로 인해 가격당한 고통은 어디로도 움직이지 못한다. 영원히 자신의 주인을 고통이라는 과거 속에 묶어 놓는다. 유일한 해결책은 아마도 과거를 버리는 것뿐일 터이다. 과거를 버리는 일은 과거를 내려

놓거나 딛고 일어서는 행위와는 전혀 다른 일이다. 과거에 연연하는 사람을 구분 없이 비난하는 행운아들이 모르는 것은 누구나 과거를 토대로 지금에 도달했다는 사실이다. 만약에 정말로 과거를 버릴 수 있다면 나는 어떻게 할까. 아파도 소중한 것들은 과거 속에 고통과 함께 있다. 그 고통을 버리면 사랑했다는 증명조차 사라진다. 그러니 그것은 불가능을 떠나 나의 소망이 아니다. 만약에 이 영혼이 다른 것으로 바뀐다면 달라질까. 그렇다면 영혼을 주관하는 건 어떤 기관인가. 뇌 속 어딘가. 심장 속인가. 망막 속인가. 우연히 몸속으로 들어간 행보를 따라갈 수 없는 바늘이 숨어 있는 곳인가. 몸속에서 혈관을 따라 떠돌다 어느 순간 급소를 관통해 멈춰 버린 바늘이 영혼이라면 그것을 꺼내기 위해 칼을 들기에도 이미 늦었다.

나는 소파에 누웠다. 감기는 눈으로 보슬비가 내리는 것이 보인다. 오늘도 영국에는 비가 내리고 있다는 것을 안다. 지금 이 비를 봄이도 보고 있을까. 봄이는 한국말을 잊지 않았다. 누구보다 똑똑한 아이다. 카드 한 장을 보내지 않는 것으로 자신의 상태를 피력한 것이다. 나는 어쩌면 그 SOS를 놓치고 만 건 아닐까. 내 무기력이 이젠 무언가를 제대로 파악하지도 못하게 만든 걸까. 또다시 늘어진 나로 돌아와 시차를 확인하는 걸로 멀리서 봄이를 돌보고 있다고 착각한 것은 아닐까. 나서서 무언가를 해본 적이 없는 습성이, 상처를 부풀리고 그 안에 숨는 재능이, 건강하지 않은 포기가 어떻게든 그 사진을 보고도 봄이한테 전화 한번 해 보지 못하게 하고 만 걸까. 센 척하며 봄이 담임선생님 앞에서 말하던 나는 봄이를 안은 것이 아니라 그저 내 과거의 비틀거림에 대한 비난으로 같이 받아들여 중심을 잡기에 급급했던 것은 아닐까. 내가 해내지 못한 것을 누군가에게 요구할 자격을 가질 만큼 나는 맨발로 뛰쳐나가 본 적이 있던가.

구겨진 영혼이 둘이나 늘어져 있는 이 집에 필요한 것은 아무것도 없다. 내 방 안에 쓰러져 있는 한 영혼이 잠시라도 자신을 잊길 바랄 뿐이다. 그리고 세상이 더 이상은 어떤 식으로든 그에게서 시선을 거두기를 간절히, 그리고 성난 눈으로 빌었다.

문이 열리는 소리에 고개를 돌려 보니 그는 벽에 붙은 봄이가 그린 그림을 보고 있었다. 슬쩍 시계를 보니 한 시간도 채 지나지 않았다.

커피?

그는 여전히 그림에서 눈을 떼지 못한 채 서서 희미하게 고개를 끄덕였다.

저, 저 그림 가져갈래요?

아니요. 여기서 봄이는 행복했네요.

117

비는 아직도 조용히 내리고 있었다. 우리는 커피를 마시며 그저 창밖의 비를 바라보았다. 이 비가 여름의 비인지, 가을의 비인지, 이곳의 비인지, 영국에서 내리고 있는 비인지도 모르겠다. 우리는 마치 다 늙어 버린 노인들이 서로의 탁한 눈동자를 마주칠 수 없어 그저 몸이 향하는 곳에 고개를 두고 있는 것처럼 앉아 있다. 어색하지도 평온하지도 불편하지도 편하지도 않은 부동의 정적 속에서 드라마 같은 고해성사는 없었다.

고해성사의 진짜 의미는 떠넘김, 가벼워지는 것이다. 타인의 멀쩡하던 눈동자에 차차 연민이 스며들게 만들어 허망한 위로를 끌어내고 자신이 안아 주지 못한 자신을 대신 안게 만드는 나약한 마음이 만들어 내는 가여운 술수이며 이제는 온 힘을 다해 봉쇄하던 마지막 의지를 놓아 버리기로 하고 가볍게 입술을 여는 것을 시작으로 자신을 아무 곳에나 내던져 그것을 기점으로 돌아갈 곳을 스스로 미리 차단해 버리는 것이다. 과거는 그것에 사용된다. 말이 없는 고해성사도 있다. 그러나 그것도 때로는 타인이라는 상대를 필요로 한다. 하지만 그도 이미 알고 있다. 일시적이라도 자신의 몸이든, 심정이든, 눈물이든, 자신 속에 있는 덩어리를 타인에게 맡긴다는 것에는 어떤 구원도 없다는 것을. 고해성사는 멸종되어 가는 자신에게 가장 적합하다. 그러니 우리 둘 중 누가 어떤 말을 꺼낸다 해도 저 고요한 빗소리조차 재우지 못할 것이다.

　더 커진 무기력은 두툼한 솜이불이 되어 나를 덮었다. 무언의 시간을 어떤 소리로도 채우지 못하고 잠 속으로도 도망치지 못하고 그저 방 속의 방으로, 소수처럼, 식물처럼 생존한다. 이미 자수해 버린 오랜 범죄에 대해 생은 또 알려 준다. 도무지 가만두지를 않는다. 이제는 미숙하다고 우길 수도 없는 지금의 나와 내 속의 어린 열 살을 같이 불러내 앉히고 매일 말한다. 열 살짜리에게는 너는 더 고독해져야 한다고, 더 자신을 잘 숨겨야 된다고. 그리고 지금의 내게는 너는 이제 과거라는 말을 가지고 놀 수 있어야 한다고, 네 눈앞에 보이지 않는다고 그것을 부재의 서류에 넣고 그렇게 쉽게 무너지는 건 잘 자란 어른이 아니라고. 나는 허공에 대고 소리쳤다. 다 알고 있다고, 지긋지긋하다고, 제발 그만 그 입을 다물라고. 네가 누르지 않아도 나는 내 무게만으로도 이미 가라앉고 있는 중이라고. 그리고 제발 열 살짜리는 건들지 말라고.

　통장의 줄어드는 숫자는 귀에 대고 내 무기력을 재는 체온계이다. 체온은 늘 정상이다. 원래 높았던 수치를 기준으로 두세 눈금이 올라가거나 내려가는 정도로는 경고받지 않는다. 그리고 숫자가 가리키고 인식할 수 있는 것에는 한계가 있다. 더 이상은 안을 수 없고 파악할 수 없고 포용할 수 없는 것에는 error, 라는 표시만 뜬다. 실은 empty이거나 full인데. 항복이라고 말하지 않는다. 대신에, 당신은 내가 품기에 너무 큽니다, 라고 기계조차 자존심을 놓지 않는다. 상대방이 고장 난 거라고 발을 뺀다.

　나는 지난밤의 꿈을 버리러 오랜만에 길거리로 나섰다. 꿈에서 봄이는 낯선 나라의 거리에서 혼자 비를 맞고 서 있었다. 봄이는 이제 겨우 여덟 살이다. 도대체 봄이 아빠는 어디에 있는 건지. 매일 밤, 잠에 들기 전이면 더 고조되던 걱정과 불안이 결국 꿈속에서 불같은 분노로 바뀌자 식은땀을 흘리며 잠에서 깨어났다. 초겨울의 냉기가 제법 싸늘하다. 무작정 길을 걷다 간신히 목적지를 정했다. 온도계를 샀던 가게로 발을 옮겼다. 그저 그 붉은 가게로 들어가 아무 물건이나 하나 고르고 그곳에 나의 악몽을 버리고 싶었다. 왠지 그 가게의 주인이라면 그런 악몽 따위는 단박에 퇴치해 줄 것 같았다. 하지만 가게는 거짓말처럼 사라지고 없었다. 나는 믿을 수가 없어 여러 번 다시 주위를 살폈지만 가게는 정말로 사라졌다. 대신 커다란 스푼 모양이 그려진 간판을 단 퓨전 음식점이 들어서 있었다. 물고기 풍경은 없었다. 이건 이 골목에서는 불법이다. 과거의 소품들이 놓여 있던 창가엔 사람들이 앉아 파스타 면을 포크로 돌돌 말고 있었다. 즐겁게 이야기를 나누며 입으로 음식을 넣는 그 광경은 내게 충격과 함께 분노를 일으켰다. 나는 창문을 깨 버리고 싶었다. 포크를 손에 쥔 채 나를 이상한 눈빛으로 쳐다보는 창가의 사람들에게 등을 돌리고 간신히 가게 앞을 벗어났다. 혹시 가게 자리를 옮겼나 싶어 상인의 골목을 샅샅이 다시 살펴봤지만 가게는 없었다. 내가 아무리 주먹을 세게 쥐어도 그 사이로 또 빠져나간 것을 받아들이지 못하는 동안 하나의 나는 매서운 눈을 한 불만투성이의 여자가 되어 길거리를 날뛰고 또 하나의 나는 바닥에 주저앉아 아무것도 할 수 없는 열 살이 되었다. 청결하고 고요하고 매력적이던 고전적인 거리는 여기저기 더러운 웅덩이를 드러냈고 태풍의 눈처럼 요상한 고요함을 품고 있었다. 거리는 처음으로 아주 달라 보였다. 큰길로 나오자 빈 택시가 보였다. 나는 무작정 택시를 잡아타고 민주가 있는 동물 병원으로 갔다. 유리창으로 민주의 모습이 보였지만 강아지를 살피고 있는 민주는 나를 보지 못했다. 나는 손잡이에 손을 대고 힘을 주려는 순간 이상하게 맥이 풀려 그 속으로 들어가지 못하고 되돌아 집으로 왔다. 그때, 내가 그 문을 열고 들어갔다면, 집으로 돌아가는 버스가 지체되었다면, 온도계 가게에 갈 생각을 하지 않았다면, 무기력이 악몽을 이기고 나를 집에 묶어 놓았다면, 그나마 모든 것이 더 이상은 망가지지 않았을까.

집으로 올라가는 계단에 영재가 앉아 있었다. 그의 말은 독백이 아니라 방백이 되어 계단 사이에서 울렸다.

저, 내일, 영국에 가요.

봄이한테 무슨 일이 있어요?

나는 심장이 밖으로 튀어나올 것 같았다.

그는 한동안 입을 열지 못했다. 그리고 간신히 더듬거리며 보고를 하듯이, 슬픈 시를 겨우 낭독하듯이 말했다.

그 일 후, 처음으로…… 봄이 아빠와 통화를 했는데 봄이가 도저히 그곳에서 적응을 못한다고. 학교에 가지도 않고 말도 안 하고 어디를 데려가도 반응이 없고…… 내가 다시 봄이를 데리고 오겠다고 하자 봄이 아빠는 아무 말도 하지 않았어요. 우리는…… 이제는 정말 완전한 타인이라는 것을 깨달았어요. 당연한 일이겠지만. 나는 봄이를 데려오고 봄이가 스무 살이 되면 고백할 거예요. 네게서 엄마를 빼앗은 것이 나라고. 어떠한 처분도 받아들이겠다고.

형에서 매형으로, 매형에서 형으로, 그리고 이제는 봄이 아빠라고 바뀐, 발음할 수 없는 말이 또 추가되는 생.

이 세상의 수많은 말들 중에 왜 나는 억지로라도 하나를 고를 수 없는 걸까. 이토록 멀쩡한 팔이 있는데 왜 그를 안아 주지도 잡아 주지도 못하나. 왜 그 방에서처럼 온 힘을 다해 나가라고 현실에서는 말할 수 없나. 그의 섬세한 손등의 혈관들이 보인다. 매력적이다. 나는 도대체 어떻게 된 인간이기에 이 와중에도 그의 혈관에 욕정 비슷한 감정을 품고 있나. 그 손 위를 만져 보고 싶은 충동의 출처를 알 수 없다. 혹시 거부당할까, 나를 경멸할까, 두려운 마음 때문에 꼼짝도 하지 못하는 걸까. 이 기분의 정체는 순수함이 아니다. 나는 분명 그의 슬픔에 동요했고 동의하고 본 적도 없는 봄이 아빠에게 비릿한 냄새를 느꼈다. 그건 내가 법적으로 내 아빠인 사람에게 느꼈던 감정과 거의 다르지 않았다. 동시에 나는 봄이가 돌아온다는 사실에 어쩔 수 없이 기뻐하며 이상한 조증이 발동한 것이다. 그렇다면 이 마음은 얼마나 이기적이고 사악한가. 지금 그는 얼마나 불안할까. 그동안의 불안이 그저 기우가 아니었음을 다시 확인받으며 얼마나 또 자신을 원망하고 원망했을까. 불안은 절대 인간을 한곳에서 쉽게 하지 않는다. 건강을 위해 팔을 힘차게 흔들며 걷는 사람들 사이에서 죽어 버린 영혼을 질질 끌며 자신을 산책시킨다. 근육을 키우거나 건강해지기 위해서가 아니다. 그저 움직이는 흉내를 내며 뒤로 걸어간다. 뒤로, 더 뒤로. 이것이 원래 자신의 운명인 것처럼. 그것을 다 안다는 내가 지금 품고 있는 것들의 정체는 가난의 불순물이며 속물의 이기심이며 그에게 반해 볼이 달아오르던 여자들과 다를 것이 없다. 아니, 더 엉망이다.

그는 일어나 밖으로 나갔다. 나는 무작정 그를 따라 걸었다. 그는 내가 뒤에 있다는 것도 모르는 것 같다. 버스 정류장에 도착하자 나는 그가 탈 버스가 빨리 오기를 바라기도 아니기도 하며 그의 뒤에 조금 떨어져 서 있었다. 비가 내리기 시작했다. 조금씩 빗발이 굵어지기는 했지만 거대한 비는 아니었다. 삼 분 정도가 지나자 버스 한 대가 정류장으로 오는 모습이 보였다. 그 버스에 탈 사람들은 앞으로 조금 더 발을 옮기기 시작했고 영재도 마찬가지였다. 나는 보았고 들었다. 버스가 다가오며 움직이는 와이퍼 사이로 운전사의 당황스런 표정이 보였고 곧이어 어디선가 어어, 하는 소리가 들렸다. 정류장에 멈추려던 버스는 바퀴가 헛돌며 눈앞으로 갑자기 다가왔다. 나는 나보다 조금 더 앞에 서 있던 봄이의 삼촌을, 영재를 뒤로 힘껏 끌어당긴다. 그를 내 뒤로 숨긴다. 그는 안전하다. 그는 내일 봄이를 데리러 영국으로 간다. 하지만 실제는 내 손가락의 끝이 영재의 팔을 잠시 스친 것에서 끝이었다. 비틀거리던 버스는 인도를 넘어 들어와 정류장의 나무 벤치와 그 뒤의 배너 막을 부수고 공원으로 이어지는 커다란 첫 번째 나무를 쓰러뜨리고 나서야 멈췄다. 정류장에 있던 네 사람 중에 한 명은 사망했고 한 명은 경상이었고 나머지 두 명인, 나와 영재는 살아남았다. 하지만 이번에는 그동안 남겨 두었던 영재의 얼굴을 빼앗아 갔고 내게는 뇌진탕과 세 개의 박살난 갈비뼈를 남겼다. 부러지던 갈비뼈 사이로, 무엇인가 딱딱한 것에 머리가 세게 닿던 순간에, 영재의 팔이 잠시 내 손끝에 닿고 미끄러져 내게서 벗어나던 찰나에, 내 몸 위로 영재의 몸이 덮이고 어디선가 들려오던 사람들의 긴박한 목소리들 속에서, 내 귀에 들렸던 건 더 거칠어진 빗소리였다. 역시 1초와 영원은 같은 무게였다. 병원에서 눈을 뜨자 내게 처음 든 감정은 여기가 어디인가, 나는 어디를 다친 걸까, 도 아닌 단 한 마디로 '씨발'이었다. 세상은 또 같은 사람을 저격한 것이다. 그것도 거의 똑같은 방식으로. 나는 분명히 경고했다. 더 이상 어떤 관심도 그에게 갖지 말라고. 대상을 알 수는 없지만 어찌 되었든 지금의 세상에게.

내 양쪽 손목에 붙여진 하얀색의 테이프를 따라 올라가자 네 개의 링거가 내게 연결되어 있다. 초점을 맞추기가 힘들지만 눈을 부릅뜨고 나는 본다. 첫 번째 링거 위에 검은 매직으로 알파벳이 휘갈기듯이 적혀 있다. **D**. 죽음의 **Death**, **D**인가. 손상의 **Damage**인가. 아니면 운명의 **Destiny**인가. 두 번째 링거는 **H**이다. 치유, **Healing**의 H인가. 소망, **Hope**의 H인가. 아니다. 천국, **Heaven**의 H인가. 지옥의 **Hell**인가. 세 번째 링거는 E다. 텅 빔의 **Empty**인가, 지구의 **Earth**인가, 악의 **Evil**인가, 생의 실험 대상이 된 **Example**인가. 나는 마지막 링거에 적힌 A를 본다. 공기, **Atmosphere**의 A인가. 생존의 **Alive**인가. 그것도 아니면 어른, **Adult**의 A인가.

더치커피 방울처럼 천천히 내게로 떨어져 들어와 흡수되는 이것들의 정체가 무엇이든 내 영혼에는 절대 닿지 못할 것이다. 이 중 어떤 것이라도 나도 모르는 길을 찾아낸다면 나는 그 링거 위에 이 무겁고 부서진 몸을 일으켜 적겠다. S라고. **Save**의 S. 구원의 물방울. 그리고 보조로 백 개의 링거 줄을 더 연결해도 상관하지 않겠다. 링거 **B**, 라고. 믿음의 **Belief**. 숨의 **Breath**. 눈이 감긴다. 아아, 아니다. 링거 **B**는 **봄이**의 B, **바우**의 B, 이다.

# 3
## 최고의 예술

    나는 방 안을 둘러본다. 내가 소유한 것들을 응시하고 탐색한다. 방 안에는 무수한 내가 있다. 한 인간이 존재하기 위해 이렇게 많은 물건들이 필요한 건지 거부감이 구역질처럼 왈칵 치밀어 오른다. 나는 우선 옷장을 열고 그 안에 있는 모든 옷을 마구잡이로 꺼냈다. 옷들은 순식간에 엉켜 질서를 잃고 방은 난지도로 변했다. 나는 손에 잡히는 대로 계절이 다른 옷들을 차곡차곡 접어 쓰레기봉투에 넣었다. 커다란 쓰레기봉투 열 개를 채우고도 옷은 아직도 많이 남아 있다. 몇 가지의 옷들은 방바닥과 쓰레기봉투 속을 몇 번이나 들어갔다 나오기를 반복하다 끝까지 살아남았다. 그 행동이 여러 번 반복되자 스스로에게 실망보다는 무겁고, 실패라는 말은 적당하지 않고, 애착이라고 부르기는 싫은 어지러운 감정만을 불러왔다. 결국 나머지 옷들은 한구석으로 집어던져 버렸다. 그것은 알 수 없지만 가까운 미래에 맡기고 나는 발을 뺀다.

이제 여기서는 더 이상의 단서를 찾을 수 없다고 판단한 범죄 현장에 있는 노련한 형사처럼 나는 매서운 눈으로 다른 것들을 둘러본다. 내 다음 목표물은 CD로 가득 찬 서랍장과 그 공간에 다 들어가지 못해 책장 위에 높이 쌓아 올린 나머지의 CD들이었다. 몇 줄로 세워 놓아도 내 키를 넘어섰다. 만만치가 않다. 나는 그 음악의 기둥들 가운데에서 폐소공포증과 광장공포증을 동시에 느꼈다. 나는 잠시 허둥거리다 간신히 정신을 차린다. 지금 내가 하려는 짓이 두려워 야구 경기의 월드시리즈 결승전으로 생각하기로 한다. 경기는 시작되었다. 맨 처음 피아노 소리와 함께 마운드에 올라온 투수는 홈팀의 케빈 컨이었다. 모두가 그가 던지는 〈Tomorrow's Promise〉와 〈Butterfly〉에 집중한다. 상대 팀의 첫 번째 타자는 노련하고 발이 빠른 앙드레 가뇽이었다. 직구와 커브볼을 번갈아 던졌지만 결국 풀카운트가 되었다. 하지만 마침내 빠른 직구로 앙드레 가뇽을 〈조용한 날들〉처럼 돌려세우자 다음 타자인 마이클 호페가 〈The Unforgetting Heart〉를 연주하기 위해 다리 사이에 묵직한 첼로를 고정시키고 활을 가장한 방망이를 들어올린다. 하지만 그는 한 소절 만에 제대로 연주하지도 못하고 활만 부러뜨리고 말았다. 세 번째 타자인 유키 구라모토 역시 〈Lake Louise〉로 잔잔한 호수처럼 별 저항도 못하고 이닝을 싱겁게 종료시켰다. 1회 말이 시작되자 상대 팀의 에이스이며 이미 사이영 상을 수상한 당대의 투수인 모차르트가 〈Allegro〉를 들고 등장했다. 그는 데이비드 란츠의 〈Night Fall〉을 단 한 개의 플라이 볼로 아웃시키고 다음 타자로 올라온 이루마의 〈When the Love Falls〉에 잠시 흔들리지만 마음을 다 잡고 〈Kiss the Rain〉은 허락하지 않는다. 고요한 얼굴을 가지고 있지만 성격은 불같은 데이비드 란츠의 분통이 사라지기도 전에 모차르트는 막강한 바흐를 맞이했다. 그의 〈바이올린 협주곡 2번〉은 쉽지 않아 투구 수는 늘어났지만 결국 바흐는 유인구를 참아 내지 못하고 아웃되었다. 경기는 어느새 막바지로 접어들었다. 7회 2이닝을 끝으로 강판된 케빈 컨 대신 올라온 두 번째 투수는 햄스트링 부상을 숨기고 있던 헨델이었다. 그는 〈개선의 합창〉으로 마음을 다지고 올라왔지만 이제 그의 부상은 온 천하에 광고되었다. 그는 감독에게 공을 내주고 쓸쓸히 퇴장했다. 8회 초, 새로 올라온 투수인 루빈스타인에게 쇼팽은 〈빗방울 전

주곡〉을 힘차게 휘둘러 허공을 가르며 홈런을 만들어 냈다. 그
가 갈등하다 〈즉흥 환상곡〉 대신 빗방울 무늬의 방망이를 잡은
건 옳은 선택이었다. 이제 경기는 원정 팀이 1점 차로 앞선 가운
데 9회로 접어들었다. 모차르트는 이제 아웃 카운트 세 개만 잡
으면 승리투수는 물론이고 월드시리즈 우승 팀에게 주어지는
커다란 반지를 갖게 될 터였다. 9회 말, 홈팀은 사활을 걸고 루
키인 사라사테를 마운드에 대타로 올렸다. 짧은 마이너의 경력
만을 가지고 있는 그가 경기를 뒤집기 위해, 그리고 자신의 존재
를 확실히 각인시키기 위해, 일부러 서두르지 않고 시간을 끌며
천천히 〈치고이너바이젠〉을 여러 번 화려한 동작으로 돌리자 관
객들의 함성이 높아진다. 낯선 집시의 음악에 모차르트가 결국
빗맞은 안타를 허용하자 불펜이 가동되고 다음 타자인 베토벤
귀에 공이 스쳐 사구로 그를 출루시키자 결국 모차르트가 손에
쥔 공은 감독에게 건너간다. 감독에게는 그의 승리보다 팀의 승
리가 우선이었다. 1점 차의 경기를 지켜 내야 했고 모차르트에
게 조울증이 있다는 것을 아는 그는 냉정했다. 결국 모차르트 대
신 슈베르트가 불펜에서 몸을 한껏 풀고 마운드로 들어서자 홈
팀의 의도적인 야유가 빗발치지만 그는 그 소리에 더 자신의 의
지를 불태운다. 당대의 투수인 모차르트에게 안타를 뺏어 내고
의기양양해져 잠시 긴장을 놓았던 사라사테는 슈베르트의 견제

구에 어이없이 당해 넋이 나간 채 홈 팬들의 거센 비난의 함성에 비틀거리며 자존감을 잃고 더그아웃으로 들어갔다. 이제 거대한 몸집의 말러가 들어섰다. 슈베르트는 비장의 무기를 꺼낸다. 낙차 큰 커브볼과 직구를 적절히 섞어 말러에게서 스스로 몸을 가누지 못할 정도로 큰 스윙 세 번을 이끌어 내며 두 번째 아웃 카운트를 잡아냈다. 이제 홈팀에서 올라온 타자는 장거리 홈런을 밥 먹듯이 쳐 댄다는 피아졸라였다. 관중들은 모두 기립했고 박수와 휘파람 소리로 경기장을 뜨겁게 달궜다. 피아졸라는 그를 영입하려고 감독까지 경질시키려 했던 구단주를 위해서라도 하다못해 연장전으로 갈 발판을 만들어야 한다. 그러나 이미 탱고의 움직임에 대해 많은 연구를 했던 슈베르트는 피아졸라의 화려한 몸놀림에 속지 않는다. 하지만 경기가 경기인 만큼 피아졸라도 쉽게 방망이를 내밀지 않고 자신에게 유리한 카운트로 가져가기 위해 슈베르트의 박자를 흩뜨리려 안간힘을 쓴다. 결국 풀카운트 상황에서 피아졸라는 끈질긴 승부욕으로 파울만 무려 아홉 개를 쳐내 슈베르트를 괴롭히지만 팔팔한 송어이며 카리스마 있는 마왕은 결국 화려한 스트라이크로 경기를 끝냈다. 모차르트는 승리 하나를 더 쌓았고 슈베르트 역시 자신의 세이브를 추가했다. 하지만 승리투수가 된 모차르트는 오랜 배터리인 라흐마니노프에게 고마움의 눈빛도 전하지 못한 채 허탈한 자신 속으로 빠져들어 갔다. 경기는 끝났지만 아직 자리를 떠나지 못한 선수들은 영화 〈피아노〉와 〈베로니카의 이중생활〉과 〈레드 바이올린〉과 〈캐논 인버스〉, 〈라스베가스를 떠나며〉를 비롯해 끝도 없었다. 대타로 한 번만이라도 큰 무대를 밟고 싶었던 바람은 접고 이제 다음번을 기약해야만 했다. 빌 에번스가 〈Waltz for Debby〉를 집어던지자 존 베일리스 선수도 자신의 자랑이었던 〈When I Fall in Love〉를 발로 차 버렸다. 그러자 참을성이 많고 점잖기로 유명한 〈HoMo FAVER-VOYAGER〉가 발차기를 하며 자리에서 일어나 욕을 내뱉었다. 하지만 마지막까지 남아 있던 건 아무도 몰랐던 지독히 고요하며 우울한 〈글루미 선데이〉였다. 그 음악이 시작되는 것과 동시에 경기장은 아무도 몰래 비상구까지 다 닫혀 버렸다. 하나의 연주 위에 계속 겹쳐 대던 음악들은 이제 사라지고 선수도, 관중도, 아니 이곳에 있는 모든 이들은 같은 운명에 처하게 되었다. 라커룸으로 들어가다 다시 나와 버린 선수들도, 승리투수도, 패전투수도, 타자도, 포수도, 감독도, 구단주도, 여러 명의 해설자도, 카메라맨도 모두 그 음악에 기분이 묘해진다. 야구란 신사적인 게임이 아니라는 생각에 잠겨 든다. 그 슬픔이 번지자 경기장의 전광판이 부식되고 영구결번이 새겨진 여러 개의 명예의 깃발이 찢어지고 무수한 좌석 의자들은 스스로 부서져 내려앉았다. 누군가는 호

신용으로 지니고 있던 칼로 자신의 손목을 긋고 누군가는 경기 중에 부러져 자기 앞으로 날아온 소중한 기념으로 삼았던 호페의 방망이의 뾰족한 면으로 자신의 배를 깊게 찌르고 누군가는 땀에 젖은 응원 수건으로 자신의 목을 힘껏 졸라 대기 시작했다. 귀여운 마스코트였던 앵무새 옷을 집어던진 아르바이트생이 자신의 처지를 저주하며 굵은 눈물을 흘리고 맥주와 간단한 먹을거리를 팔던 또 다른 아르바이트생은 남은 맥주에 비소를 타서 마시고 즐거워하던 볼 보이는 글러브로 자신의 숨을 막는다. 선수들은 자신의 생명인 몸에 자해를 하기 시작했고 방망이를 공 대신 자신에게 휘둘러 댔고 베토벤의 귀에서는 이제 시뻘건 피가 쉬지 않고 흐른다. 모두가 제각기의 방식으로 죽음을 향해 돌진한다. 연주는 점점 악기가 줄어들고 간소해진다. 연주자들이 연주 도중에 자신을 스스로 죽이고 겨우 연주가 끝이 나자 이상한 종교 집단의 집단 최면처럼 살아남은 사람은 아무도 없다. 나만이 모든 것을 지켜보며 그 속에서 살아남았다. 내 정신은 이미 우울한 일요일에 그들과 같이 깔려 죽었지만 아직 해야 할 일이 있는 내 몸은 살아 숨 쉬고 있다. 그 수많은 죽음에 대해 어떤 애도도 없이 시간을 망가뜨리는 일에 시간을 사용한다. 이 훌륭하고 아름답고 어렵게 하나하나 구했던 음악의 선수들을, 내 귀에 천재의 음을 넣기까지 애태우며 헤맸던 시간들을 한순간에 무용으로 돌린다. 드디어 모든 음악들이, 거장들이, 악기들이 비닐의 관 속으로 파묻혔다. 뺨을 거치지도 못하고 바닥으로 곧장 떨어지는 물은 내 눈물이 아니다. 의미 없는 수분을 그대로 두고 흙을 뿌리기 전, 마지막으로 그 관 속에서 대표로 헨델을 꺼내 조의를 표하며 이미 죽어 버린 〈울게 하소서〉를 처음부터 끝까지 열 번을 반복해서 듣는다. 그리고 즐겨 듣던 모차르트의 교향곡 9번에 손을 내밀다 그만두었다. 이제 내 안에 음악은 없다.

책으로 터질 듯한 책장을 연다. 세어 본 적은 없지만 내가 소유한 책은 대강 짐작해도 400권에서 500권 사이일 것이다. 세로줄의 오래된 명작 전집부터 스무 살 무렵부터 읽기 시작한 철학 책과 좋아하는 작가의 책들이 꼿꼿이 서 있기도 옆으로 눕혀져 있기도 했다. 책장의 맨 아래 칸에는 유치원에서 대학까지의 졸업 앨범들이 마치 브레멘의 악사들처럼 서로를 업고 있다. 나는 우선 중고 서점에 팔 책들과 기부할 책들과 잘라 버릴 책들을 구분했다. 인터넷으로도 얼마든지 가능한 일을 나는 일부러 버스나 지하철을 타고 스무 번도 더 넘게 책을 팔러 다녔다. 땅으로 몸이 꺼져 버릴 만큼의 무거운 배낭을 메고 양손에는 허리가 휘어질 만큼의 책들을 내 방에서 중고 서점으로 나른다. 그리고 번호표를 뽑고 숨을 헐떡이며 눈으로 내 책의 값이 매겨지는 것을 본다. 영수증의 길이가 길어질수록 나는 짧아지고 가벼워진다. 물에 젖은 흔적이 있거나 이미 들어온 재고가 많거나 오래되어 아예 ISBN이 없는 책들은 팔리지 않았다. 밀란 쿤데라의《생은 다른 곳에》는 1,800원에, 주제 사라마구의《눈먼 자들의 도시》는 2,200원에, 미셸 푸코의《광기의 역사》는 3,200원에, 움베르토 에코의《전날의 섬》1권은 2,100원에, 2권은 1,900원에,《실비아 플라스의 일기》는 11,000원에 낙찰되었다. 페터 회의《스밀라의 눈에 대한 감각》은 2,700원에, 존 버거의《여기, 우리가 만나는 곳》은 2,000원에, 콜린 윌슨의《아웃사이더》는 1,900원에, 크리스티앙 보뱅의《인간, 즐거움》은 6,100원에, 장 그르니에의《섬》은 800원에, 파스칼 키냐르의《심연들》은 4,400원에, 다자이 오사무의《인간 실격》은 1,300원에, 카뮈의《이방인》은 2,000원에, 니콜 크라우스의《사랑의 역사》는 3,900원에, 폴 오스터의《달의 궁전》은 3,200원에, 오르한 파묵의《순수 박물관》두 권은 똑같이 5,100원에 내 손을 떠나 식당의 메뉴판처럼 영수증 속으로 숫자와 함께 들어갔다. 그리고 아끼던 책인 에크하르트 톨레의《NOW》를 들고 마지막으로 153쪽을 펴고 내가 해내지 못한, 하지만 한때는 몸을 기대고 싶었던 그 문장을 마지막으로 다시 한 번 다시 읽어 본다. 엷게 푸른색의 밑줄이 그어져 있는, **최고의 예술은 과거를 내려놓는 것**. 내가 책을 내려놓자 3초도 되지 않아 바로 4,400원이라는 숫자가 생겨났다.

오랜 시간을 품어 사람으로 치면 누런 검버섯과 짙게 팬 주름을 가진 노인이 되어 이제는 길을 걸을 때 젊은이들에게 종종 거치적거리는 존재가 되기는 했지만 진짜 보물의 가치를 아는 누군가는 가슴 졸이며 찾고 있을지도 모를 그만의 조언을, 그만의 역사를, 그만의 경험을, 그리고 어렵게 지켜 온 존엄을 어떻게 돈으로 환산할 수 있을까. 나는 바코드에 찍히지 않는 그 노인들을 다시 등에 업고 돌아왔다. 예전이라면 중고 서점에서 시간이 가는 줄도 모르게 책을 구경하고, 손으로 종이를 직접 만지고, 몇 권의 책을 가슴에 품고 돌아왔겠지만 이제는 그럴 수 없다. 비워 내고, 버리고, 사라지기 위한 자에게 새로운 소유물은 가당치 않은 일이다.

가장 가까운 현재에서부터 시작한다. 두꺼운 대학교 졸업 앨범은 그리 길지 않은 시간에도 벌써 끈끈해져서 여러 장이 서로 달라붙어 있었다. 나는 가위를 들고 한 장씩 잘라 내기 시작했다. 그리고 결국 나의 얼굴과 이름이 나타났다. 나는 나의 사진을 보고 그 아래 적혀 있는 김유리, 라는 이름을 오랫동안 본다. 이 유별나지도 않은 이름은 주홍글씨의 'A'이다. 가위는 종이 속에 박혀 있는 나의 이름을 잘라 내는 것이 아니라 가루가 될 만큼 썰어 낸다. 홀가분한 마음과 서글픈 마음이 시소 위에서 막상막하로 무게를 겨룬다. 나는 가위의 뾰족한 모서리 끝으로 홀가분한 마음 쪽의 시소를 꾹 눌러 먼저 땅에 닿게 한다. 두껍고 빳빳한 앨범이 사라지자 내 손은 종이에 베인 상처와 물집투성이가 되어 있다. 나는 나를 보호하기 위해서가 아니라 이 작업을 계속하기 위해 솜을 뭉쳐 벌겋게 부풀어 오른 물집 위에 대고 그 위를 종이테이프로 단단히 말았다. 내 손은 인간 종이 분쇄기처럼 움직이고 있지만 머릿속은 점점 텅 비어 가고 눈의 초점은 흐려지고 무아지경의 상태로 빠져든다. 종이의 하얀 분말들은 가위에 들러붙으며 마찰을 일으켜 정전기의 불꽃을 만들어 낸다.

작은 쌀 한 톨에 복잡한 그림을 그려 내거나 몇백 개의 큐브를 단 몇 분 만에 맞춰 내는 달인들도 내가 잘라 낸 종이의 조각으로는 단 하나의 문장도, 아니 하나의 단어도 만들어 내지 못할 것이다. 그들은 백기를 들기는 해도 내 능력에 감탄하기보다는 정신병원에나 들어갈 사람이라는 표정을 지을 것이다. 책을 팔고 받은 영수증이 한 편의 단편소설처럼 되어 가고 가위가 입을 벌리고 다시 모으며 종이를 잘라 내는 순간마다 나는 해체된다. 나는 얼마나 오래 가벼워지고 싶었나. 나는 가벼워지고 싶다. 아니, 가벼워져야 한다. 이 세상에서 최대한 나의 부피를 줄이고 흔적을 지우고 안개처럼 사라지면 되는 것이다. 그렇게 한 달이 더 지나자 내 손은 이제 가벼운 물컵을 잡기에도 고통스러울 만큼의 상태가 되었다. 약사는 살짝 비틀어진 내 오른쪽 손목의 뼈와 밖으로 터지지도 못하고 안으로 부풀어 올라 노랗게 변해 가는 손가락들의 물집과 심하게 부르튼 입술을 보더니 당장 병원으로 가 보라고 했다. 나는 더 큰 용량의 솜 봉지와 밴드를 사서 다시 내 방으로 돌아왔다. 솜은 더 크고 단단하게 뭉쳐졌고 파스를 붙인 손목은 이제 가위를 보기만 해도 몸서리를 쳤지만 나는 또다시 가위를 든다.

나는 십대 후반, 연극에 빠졌었다. 또래 아이들이 미성년자 관람 불가 영화를 보기 위해 학교 근처의 아파트 계단 사이에서 교복을 벗고 입술에 새빨간 틴트를 바르고 어른 흉내를 열심히 내는 동안 나는 소극장으로 향했다. 그건 오직 암전이 되는 순간을 보기 위해서였다. 연극의 내용도, 배우의 연기력도, 연극이 표명하는 메시지도 내 관심사가 아니었다. 오직 빛이 어둠으로 변하는 그 짧은 순간 속에 있기 위해 나는 용돈을 모았고 표를 샀다. 그것을 멈추게 된 것은 사소한 계기였다. 히치콕의 영화 〈로프〉에 쓰인 실험적인 롱 테이크 기법을 모방한 연극은 아마도 〈시민 케인〉을 각색한 작품이었던 것 같다. 어차피 연극은 필

름과는 다른 예술이니 암전 없이도 한 시간 이십 분을 연출하는
것은 영화보다는 쉬운 일이었을지도 모른다. 적당히 무거운 주
제를 택하고 주인공의 옷을 한 벌로 설정하고 연극 속의 장소를
제한하고 그 틈은 주인공의 독백이나 내면 연기로 채우면 될 일
이었다. 그것은 영화감독들이 선호하는 미학적 수단으로 관객
에게 현실 깊숙이 개입할 수 있는 집중을 끌어내는 것이 목적이
라고 연극 팸플릿에 쓰여 있었다. 몇몇 관객들은 결국 지루함을
이겨 내지 못하고 빛 속에서도 자리를 떴지만 나는 낙심 때문
에 움직일 수 없었다. 나는 내 눈꺼풀만으로 짧고 허약한 암전을
만들어 내며 연극이 끝날 때까지 버텼다. 한 시간 이십 분의 빛
이 끝났다. 암전은 없었다. 암전이 없었으니 환불해 주세요, 라
고 말할 수도 없는 일이었다. 그날 이후 나는 다시는 연극을 보
러 가지 않았다. 대신 연극에 관한 책들을 중고 서점에서 구해
읽으며 불면의 밤을 대신했다.

희랍 비극 두 권은 첫 번째 제물이 되었다. 나는 책의 겉장을
한번 어루만지고 표지를 뜯어냈다. 나는 냉혹한 사람이다. 가위
를 든다. 한동안 미친 듯이 움직이던 가위는 잠시 내 의지와는
상관없이 멈춰졌다. 오이디푸스 왕의 딸인 안티고네의 "나는 서
로 미워하기 위해서가 아니라 서로 사랑하기 위해 태어났어요."

라는 문장 위에는 빨간색의 밑줄이 굵직하게 그어져 있었다. 이 말이 무슨 뜻인지 이제는 전혀 이해할 수가 없다. 그러자 그 틈새로 현실의 공기가 파고들어 내게 이성을 요구하고 그만둘 것을 애원했지만 나는 그것을 힘 하나 안 들이고 가만히 밀어낸다. 나는 떨어뜨린 가위를 다시 들어 트로이의 멸망을 예언했던 카산드라가 아폴론의 사랑을 거부하고 받은 벌인, 빼앗긴 설득력을 다시 카산드라에게 돌려주고, 스스로 자신의 눈을 찌른 오이디푸스의 참담한 비탄에 영화 〈베티 블루 37.2〉의 은빛 포크를 떠올리고 둘을 합쳤다. 그 둘은 길고 길게 떨어져 있는 시간의 압력을 가볍게 이겨 내고 함께 손을 잡고 사라졌다. 나는 소포클레스의 이름을 부셔 버리고 스타니슬랍스키의 연기론으로 건너간다. 빠른 속도로 책을 자르면서도 나는 속독법을 익힌 사람처럼 연기나 연극에 거의 맞먹을 만큼 제군들, 이라는 말이 얼마나 이 책에 많이 나오는지 새로 알게 되었다. 미지의 제군들에게 강의를 하던 스타니슬랍스키의 지루하고도 오랜 강의가 끝나자 다음 강의는 쉬는 시간도 없이 바로 시작되었다. 강의실로 예지 그로토프스키가 당당히 문을 열고 입장했다. 그는 '가난한 연극'에 대해 입을 열었다. 수강생이 한 명뿐인데도 그는 개의치 않고 연극에 대한 사랑과 그것으로 파생되는 생의 의미까지 넘나들며 열정적으로 자신의 정신과 내면을 피력했다. 하지만 다른 목적을 가지고 앉아 있던 수강생은 그의 연극 실험실을 폐쇄시켰다. 영원한 종강이었다. 이어 뷔히너의 《당통의 죽음》을 다시 목격하고 브레히트의 《코카서스의 백묵원》을 폭파시키고 셰익스피어의 마지막 작품인 《태풍》을 거센 파도가 되어 난파시켰다. 파도가 잠잠해지자 안드레이 타르콥스키의 《봉인된 시간》 속에 쓰여 있는 고린도전서 사이에 가위를 들이댄다. - 내가 인간의 여러 언어를 말하고 천사의 말까지 한다 하더라도 사랑이 없으면 나는 울리는 징과 요란한 꽹과리와 다를 것이 없습니다. - 이런 글을 잘라 내는 나는 폭탄을 스스로 몸에 장착하고 타이머를 맞추며 자신의 희생이 세상에 작은 경고라도 되길 바라는 신념이 굳은 테러리스트도 아니다. 그저 자신만을 버리기 위해 혼자 모노드라마를 하고 있는 싸구려 배우이다.

이제 남은 책은 네 권이었다.

가위를 들기 전에 헤르만 헤세의 《유리알 유희》의 묵직한 무게를 손에 들어 본다. 끝까지 억지로 읽어 내긴 했지만 아무것도 이해하지 못했던 책이었다. 《유리알 유희》 속의 '유리'가 나와는 전혀 관계가 없는 것임을 알면서도 유리, 라는 글자를 자를 때마다 내 마음은 시원함에 요동쳤다. 이 책만큼 유리라는 단어가 많이 들어 있는 책은 없을 것이다. 종이를 자르는 소리는 사과를 아삭대며 씹는 소리와 흡사했고 과도한 노동으로 혹사된 가위는 이제 녹이 슨 오래된 그네 줄이 내는 삐걱거리는 쇳소리와 철 성분의 냄새를 동시에 풍겼다. 종이를 자를수록 세상은 더 고요해진다. 시끄럽고 어지러운 소음들을 내뱉는 인간들의 입술은 촘촘하게 꿰매지고 누구도 타인에 대해 함부로 말하지 않는 평온하고 비밀스러운 세상이 되어 간다. 그동안 내가 했던 모든 쓸데없는 말들과 타인에게 들었던 이해되지 못했던 말들이 힘을 잃고 사라진다. 비록 용서받고 용서하지는 못했어도 회한은 몸무게를 줄이고 말라비틀어져 간다. 상처들은 이제 더 이상 상처가 아니다. 치유도, 소망도, 미래도 아닌 어떤 이름도 없는 이 행위에 나는 더없이 만족한다. 이른 저녁에 시작했던 두꺼운《유리알 유희》책의 반 가까이가 재가 되자 새벽의 빛이 방 안으로 스며들었다. 수많은 책을 자르며 나는 하루 종일 책만 잘라도 두꺼운 책일 경우 두 권 정도가 한계라는 것을 알게 되었다. 규칙적인 가위질 소리와 규칙적인 행동반경과 규칙적인 무의식의 연장은 어느새 나를 무아지경의 상태로 자꾸 이끌었다. 최면에 걸린 사람이 멍한 눈으로 손만 움직이고 있는 모양새다. 그건 다른 의미로 쉼이나 마찬가지이다. 그건 내게 허락되어서는 안 된다. 나는 명확히 깨어 있어야 한다.

영국으로 가는 봄이에게 준 것은 초록색의 온도계였다. 내 것보다 조금 더 작은 크기에 초록색이 조금 더 짙기는 했지만 같은 태생임에 틀림없는, 같은 장인의 손에서 태어난, 같은 고향을 가진, 같은 자궁에서 머물렀던 온도계이다. 나는 봄이 삼촌, 영재의 통보를 듣고 주저앉은 날, 염소 집 가게를 나와 하염없이 걷다가 상인의 골목으로 가 붉은 문의 가게로 들어갔다. 혼자 들어가는 가게의 풍경 소리는 유난히 크게 울렸다.

가게 주인은 여전히 자리에 앉아 눈짓으로 슬며시 인사를 했다.

저, 저번에 사 갔던 온도계와 똑같은 온도계를 구할 수 있을까요.

내 말에 그는 생각지도 못한 비보를 들은 얼굴이 되어 가만히 나를 보았다.

그때, 사 간 온도계가 고장이 난 거요?

아니요. 기억하실지 모르겠지만 그때 같이 왔던 여자아이에게 주고 싶어서요. 갑자기 한 달 후에 영국으로 가게 됐거든요.

가게 주인은 한동안 말이 없이 생각에 잠겼다 말문을 열었다.

한 달이라…… 그 온도계는 이제 거의 없는 물건이라서 장담은 못하지만 최대한 구해 보도록 하지요. 물건은 진심으로 자신을 필요로 하면 어떻게든 나타나는 법이니까. 한번 두고 봅시다.

나는 목이 메어 고맙다는 말도 못하고 가게를 나오는데 그때 주인이 처음으로 의자에서 일어나 나를 배웅했다.

이름이?

아, 봄이요.

아니, 그쪽 이름.

저요? 유리예요.

유리. 좋은 이름이네요.

좋은 이름이 아니에요. 엄마를 앗아 간 이름이에요.

상인의 눈동자는 호기심으로 바뀌지도, 갑작스레 튀어나온 말에 난처해하지도, 더 이상의 사연을 물어보지도 않았다.

그런데, 이 골목에 있는 모든 가게에는 물고기 풍경이 달려 있죠?

나는 내내 궁금했던 것을 물어보았다.

물고기는 잘 때도 눈을 감지 않아요. 그래서 수행자들에게는 잠을 줄이고 언제나 깨어 있어야 한다는 의미로 쓰인다오. 풍경은 바람의 세기나 방향에 따라 그저 흔들리는 듯이 보이지만 그건 포용과 동시에 자신을 비워야 가능한 일이라고 나 나름대로 생각하는 바요. 유리가 좋은 이름이라고 한 건 깨어 있을 수밖에 없는 이름이기 때문이지. 누군가를 앗아 가거나 위험에 몰아넣는 이름이 아니오. 단, 자신은 물고기처럼 고달프지요. 늘 깨어 있어야 하니까. 그러니 선잠이나 불면증은 그런 존재들의 신분증이자 괴로운 훈장이지.

잠시 틈을 둔 후, 가게 주인은 말했다.

유리 씨는 그 꼬마 아가씨와 강아지 녀석까지 셋이 모두 이미 한 줄에 같이 묶여 있으니 당장 눈앞에 일어나는 일들에 너무 연연해하지 마시오. 잘못하면 스스로 위험에 빠지거나 필요 이상으로 망가질 수도 있으니.

그리고 긴 팔을 뻗어 문 앞에 걸린 세 마리의 은빛 물고기가 걸린 풍경을 단숨에 빼내어 내게 건네고 가게 안으로 들어가 버렸다.

나는 허공에서 내려온 세 마리의 은빛 물고기를 손에 쥐고 멍하니 걸어 집으로 돌아왔다. 그 가게 주인은 신에게 감정의 온도를 미온에 맞추겠노라는 다짐을 하고 인간의 모습으로 가장한 채 지상으로 파견되었지만 완전한 차가움으로는 무장하지 못한 사연이 많은 또 다른 작은 신 같았다. 유리라는 내 이름을 예쁘다고 한 사람들은 많았지만 좋은 이름이라고 말해 준 사람은 아무도 없었다. 그리고 한 달이 다 되어 갈 무렵에 그 작은 신은 내가 부탁한 온도계를 어디인지 모를 과거에서 가져와 내 앞에 내밀었다.

고맙습니다, 정말 감사합니다.

내 인사에 그는 손을 휘휘 저었다.

내가 말했지 않았소. 물건이나 사물은 인간이 찾아내는 게 아니라 스스로 나타나는 거라고. 물건들은 인간의 진심을 구별해 낸다오. 그러니 이 온도계는 원래 그 꼬마 아가씨에게 갈 물건이었던 게지.

세 번째 방문 만에 나는 처음으로 고개를 들어 그 붉은색 가게의 간판을 보았다. 가게 이름은 'Past is not past'였다. 가게 이름은 책을 열어 읽어 보지 않아도 이미 제목만으로도 모든 것을 제압하는 거장이 쓴 두꺼운 소설처럼 묵직했다.

나는 한 시간만을 내게 허락하기로 했다. 하지만 침대로 향하기도 전에 잠은 날 덮쳤고 나는 침대 위로 올라가지도 못했다. 나는 한 시간이 아니라 거의 일곱 시간을 나에게서 벗어났다. 눈을 뜨자마자 나는 개학 전날에 허겁지겁 밀린 숙제를 하는 학생처럼, 뒤늦게 잘못을 깨닫고 진심으로 무릎을 꿇고 용서를 구하는 죄인처럼, 한 번도 개근상을 놓친 적이 없는 성실한 학생이 세수도 못하고 집을 뛰쳐나와 학교를 향해 달리듯이 나머지의 《유리알 유희》를 처리했다.

이제 남은 책은 세 권이다.

나는 C. S. 루이스의 책 《천국과 지옥의 이혼》을 손에 잡았다. 이 책 속에는 지옥에 있는 나폴레옹을 목격한 일화가 적혀 있다. 커다란 저택의 작은 창으로 들여다본 나폴레옹은 계속 같은 말을 중얼거리며 혼자 빈방을 끊임없이 돌아다니고 있다고 했다. 일 분도 잠들지 못하고, 잠시도 앉지 못하고, 다른 생각은 아무것도 할 수 없는 상태를 영원히 반복하고 있다. 그것이 그의 지옥이었다. 그건 뜨거운 지옥 불에 삼켜지는 것보다 덜 고통스러워 보일지도 모르겠지만 나폴레옹은 차라리 지옥 불로 뛰어들길 바랐을지도 모른다. 지옥이라는 것은, 벌이라는 것은, 그 당사자의 아킬레스건을 정확히 알고 공격하는 것이다. 그리고 그것에야말로 영원이라는 주문이 걸려 있다. 늘 같은 하루와 순간을 영원히 반복하는 것이다. 신이 만약 내게 지옥을 준다면 나는 세상에 있는 모든 글자로 된 것들 속에서 유리, 라는 글자를 찾아내 잘라 내야 하는 건지도 모르겠다. 천국도 지옥도 사라지자 나는 조심히 다른 책을 손에 잡는다.

롤랑 바르트의 《애도일기》. 책 표지에 그려진 까치인지 까마귀인지 모를 검은 새를 한참 본다. 책의 두께가 얇은 것이 다행인지 아닌지 모르겠다. 포스트잇으로 도배가 된 책을 들고 넘기자 책 사이에서 잊고 있었던 한 장의 고백서가 떨어졌다. 내 글씨다.

ㅡ 어느 비통했던 오후에 새로 소유한 책에서 나는 가장 나와 근접한 나를 보았다. 이 기쁨을, 이 슬픔을, 문장과 사유가 온전

히 하나로 합쳐지던 순간을, 어쩌면 여기에 내가 찾던 생의 진실이 있을지도 모른다는 이 가슴 뛰는 느낌을 믿고 싶어진다. 나 같지 않은 일에 얼마나 많은 기력을 소모했는지에 대한 그 깨달음의 감사와 성찰. 이제 내가 세상 속에서 지키던 침묵과는 다른 종류의 침묵을 나는 갖는다. 그리고 이 한 권의 책에, 작가에 애도를 표한다. 당신이 대신 말해 준 나의 슬픔에 대해, 그 실체의 날것에 대해, 그 날카로운 칼날에 비로소 숨이 트였던 찰나에 대해, 처음으로 나를 고귀하게 대해 준 당신에게 고개를 숙인다. 이미 이 세상에 없는 당신이 걸어 주는 말에, 동의를 뛰어넘은 동질에, 현존해도 전혀 영향을 주지 못하는 실종된 동질감의 추한 실체에 눈을 두지 말라는 그 아름다운 경고에. 나는 이해를 획득했다. 나를 모르는 당신에게. 당신이 앉았었던 세계 속에서. 한참을 뒤늦은 지금에. 다른 시간에서 흘러온 시계를 나는 손목에 찬다. ―

내 오랜 체한 가슴을 찔러 검은 피를 내고 그 자리를 꾹 눌러 주었던 책. 세상을 떠난 어머니에 대한 절절한 애도의 넋두리와 혼잣말과 짧은 메모로 가득한 책. 깊은 상실의 고통과 똑같이 다시 태어나는 그리움과 고요한 절규와 지독한 그 사랑에 나는 매혹되었다. 나는 길거리 바닥에 눈물을 떨어뜨리며 집으로 돌아왔다. 집이 아닌 다른 어디론가 가고 싶었지만 갈 곳이 없었다. 나는 집 현관에서 내 방까지의 그 짧은 동선 동안에 다른 공기가 나와 책 사이로 침투할까 봐 방 안으로 뛰어 들어가 옷도 갈아입지 않은 채 책을 안고 이불 속으로 급히 들어갔다. 그리고 다음 날부터 매일 학교에 갈 때면 그 책을 이불 속에 소중히 넣고 집을 나서며 열쇠로 방문을 잠그기 시작했다. 남동생 말고는 어차피 아무도 들어올 사람이 없는데도.

어느 날, 학교에서 돌아와 이불을 들추자 책이 없었다. 나는 침대를 다 뒤집고 방 안 곳곳을 살폈지만 책은 어디에도 없었다. 그제야 나는 늦게 일어나는 바람에 방문을 잠그지 못하고 급히 학교로 갔던 것을 생각해 냈다. 나는 이제 책 대신에 남동생을 찾았지만 아직 귀가 전이었고 학원이 끝나려면 몇 시간은 더 기다려야 했다. 나는 초조함과 분노에 휩싸여 집 밖에 버려진 쓰레기봉투 속까지 뒤져 본 후에 결국 아빠의 방문 앞에 섰다. 예전에는 늘 활짝 열려 있었고 넉넉하고 따뜻한 온기로 가득한 안방이었던 그 방의 문고리를 결국 돌리던 순간은, 어린 시절 살았던 집의 문밖에서 이제는 다른 사람들이 살고 있다는 것을 알면서도 문틈 사이를 들여다보며 추억에 사로잡히고 마는 묘한 기분과는 달랐다. 이건 무엇이 가라앉아 있는지 전혀 알 수 없는 혼탁한 흙탕물 속으로 맨손을 넣어 내가 잃어버린 열쇠를 허우적거리며 찾아야 하는 절실하고도 오싹한 기분이었다.

내《애도일기》는 아빠의 책상 위 모서리 끝에 떨어질 듯이 놓여 있었다. 자식의 방에서 발견한 금지된 서적처럼, 몰래 밀수한 마약처럼, 아무짝에도 쓸모없는 종이 뭉텅이처럼. 얼른 책을 들고 방을 나오는데 검은 그림자가 내 앞에 있었다.

이 책은 내 거예요. 이게 왜 여기 있어요? 내 방에 들어온 거예요?

일하는 아주머니가 들고 와서 주더라. 넌 도대체 어떻게 생겨먹은 애냐.

나는 어떤 대꾸도 없이 내 방으로 돌아와 문을 잠갔다. 그리고 깨달았다. 그 방에는 엄마의 사진이 한 장도 없었다. 엄마의 물건들을 어른들이 모여 정리할 때 나는 엄마의 앙고라 장갑만을 유일하게 구해 내 나의 방 안에 몰래 숨겼었다. 엄마의 물건들은 그렇다고 해도 사진 몇 장 정도는 아빠 곁에 있을 거라는 내 생각은 그저 어린아이의 순진함이었을까. 모두들 소중한 존재가 지상을 떠나면 다 버리고 지우며 살아가는 걸까. 그래야만 살 수 있는 걸까. 나는 다음 날, 학교에 《애도일기》를 데려가 민주에게 맡겼다.

가위를 잡은 손이 움직여지지 않는다. 도무지 시작을 할 수가 없다. 가위에 달라붙은 종이의 분말을 그대로 놓고 방을 나와 인스턴트커피 분말을 뜨거운 물에 녹였다. 창밖을 바라보았다. 오랫동안 열지 않았던 커튼을 열고 책을 자르는 동안 지나가 버린 하나 반의 계절을 뒤늦게 본다.

나는 가위를 들고 다른 곳에 시선을 둔다. 그래도 손은 움직이지 않는다. 나는 눈을 감는다. 그리고 손을 더듬어 점자책을 읽듯이 가슴속 문장 위로 가위를 넣는다.

**애도: 꼼짝도 할 수 없는 상태. 그 어떤 방어 수단도 없는 상황.**

**망각이란 없다. 이제는 그 어떤 소리 없는 것이 우리 안에서 점점 자리를 잡아 가고 있을 뿐이다.**

이제 한 권의 책만이 남았다.

유리야, 스무 살이 되면 읽어. 엄마도 그때 읽었거든. 엄마가 제일 좋아하는 책이야.

열 살이 되던 봄과 여름 어느 사이에 받은 그 책의 첫 장에는 엄마의 이름이 단정히 적혀 있었다. 겉표지도 없고 모서리가 누렇게 변한 그 책은 엄마의 손에서 내 손으로 건너왔다. 책 안에는 무수한 밑줄들이 조심스레 연필로 그어져 있었지만 빽빽한 글자에 나는 아직은 내가 읽을 수 있는 책이 아니라는 생각만 했을 뿐이었다. 하지만 내 대답이 달랐더라면. 그것에 주문이 걸려 있었다면.

엄마, 그럼 내가 스무 살이 되면 줘. 그럼 엄마의 시간이 늘어난다.

싫어. 난 이렇게 어려운 책은 못 읽어. 그럼 엄마는 십 년을 더 받는다.

엄마, 난 책이라면 질색이야. 그럼 사악한 신은 물거품이 되어 부끄러운 주문을 성급히 챙겨 엄마에게서 영원히 떨어져 나간다.

나는 열 살의 겨울에 이 책을 다 읽어 냈다. 번역은 전혜린, 이다. 아무리 해도 이 책만은 잘라 낼 수가 없다. 루이제 린저의 《생의 한가운데》는 차라리 염소처럼 한 장, 한 장 입에 넣고 씹어 삼켜 버리기로 한다. 나는 조심스레 엄마의 이름을 뜯어 내 목 안으로 집어넣었다.

나는 무얼 바랐던가. 그들이 언젠가는 변해 양심선언이라도 할 줄 알았는가. 혹시나, 라는 순진하고도 답답한 기대를 나도 모르게 어디 한곳에 숨겨 두고 있었나. 나는 내 안의 시끄러운 침묵 대신에 감정의 범죄자들에게 조용히 내 경멸을 표현해야 했다. 그들이 나를 버리기 전에 내가 먼저 뒤돌아서야 했다. 종이를 자르는 대신 진정한 생존과 독립을 위해 낡은 공장에서 손목이 비틀려야 했다. 그 통장을 받지 않고 고고했어야 했다. 마음의 가난을 살필 여유도 없이 진짜 가난에 시달려 지쳐 잠들고 구덩이를 파는 대신 현미경을 들고 나도 모르게 인정해 버린 불온의 태생을 분석하고 그 오진에 대해 분개했어야 했다. 똑같이 보이는 마침표라도 내 것은 의지보다는 복종이나 포기의 모습을 가지고 있었고 그것은 포용이나 다를 것이 없었다. 엄마는 아빠의 재혼보다 내 속의 깊은 우물에 더 가슴 아파했을 것이란 생각을 했어야 했고, 봄이를 그렇게 놔두지 말았어야 했고, 영재를 내 마음이 가는 대로 안았어야 했다. 나는 모든 것에 늘 한발 늦었거나 틀렸다. 이렇게. 내가 아는 것은 모든 것은 1그램 사이의 일이라는 것이다. 1그램은 설탕 반 스푼이며, 갈증을 해소하기에는 턱없이 부족한 10밀리리터의 물이며, 정이 많은 상인이 덤으로 얹어 주고도 인사받지 못하는 정성스레 구운 작은 밤 한 톨 정도의 무게이다. 그것이 엄청나게 거대한 무게라는 것을 아는 인간은 현자가 되기도 하지만 대부분은 무너지는 인간들에게 쓰여지곤 한다. 물 한 방울에, 낙타의 털 한 올에는 죄가 없다. 원래 지니고 있던 것이 가라앉기 위해 마지막으로 필요했던 무게였을 뿐이다.

　달걀의 노른자와 흰자가 분리되며 생기는 끈기가 만들어 내는 길이가, 음을 내기 위해 피아노의 흰 건반과 검은 건반이 내려갔다 올라오는 그 짧게 겹쳐지는 순간의 높이가, 봄이 간식을 만들기 위해 펴 놓은 요리책에 고정했던 돌멩이가 자꾸 접히려는 종이를 진정시키던 순간이, 바우에게 먹일 북어를 손질하다 가시에 찔리고 가시를 빼내자 그제야 피가 맺히던 그사이가 시간이라는 것을 더 잘 알았다면 나는 달라졌을까. 아니다. 나는 이해받고 싶은 마음과 이해받지 못해도 상관없다는 감정 사이 속으로 숨기 바빴다. 단조의 태생이 선택하기에 딱 알맞은 도피를 늘 택했다. 내 열 살에 던져진 문제가 내겐 생의 억울한 반칙이었다고 해도 내게 온 것은 온 것이었다. 내가 스물다섯이었어도, 서른이 훌쩍 넘었어도, 중년의 주름을 장착한 나이였더라도 어쩌면 마찬가지였을 것이다. 그동안의 나의 시간은 어떤 것인가. 나는 하늘을 바라보는 자세로 붕 뜨지도 못했고 가라앉아 바닥을 치고 떠오르지도 못한, 깊은 물속으로 처음부터 난폭하게 내던져진 열 살에 멈춰 버린 인간이었다. 인간은 물고기가 아니다. 나는 발길질을 해 보기도 전에 잠수부터 시작했고 물 밖으로 나오는 법을 배우지 못했다.

나는 민주에게 쓴 편지를 들고 집을 나섰다. 민주는 며칠 전에 긴 휴가를 받고 바우와 함께 부모님 댁에 내려가 있다. 한동안 돌아오지 않을 것이다. 속달인지 아닌지를 묻는 우체국 직원

의 질문에 나는 화들짝 놀라 간단한 부탁만을 담은 편지를 이제
는 필요 없어진 영수증처럼, 혹은 보안이 철저하다 못해 그냥 없
애 버리는 편이 낫다고 결론이 난 중요한 국가 기밀처럼 종이
분쇄기 안으로 천천히 밀어 넣었다.

　세 번째이다. 이번이 마지막이다. 그동안의 모든 과정은 이
곳으로 오기 위한, 완전한 정착을 위한 것이었다. 문은 내가 나
이를 더 먹고 얼굴이 미묘하게 달라져도 변함없이 나를 알아본
다. 아무리 오랜 시간이 지나도 그 굵은 붉은색의 글자는 조금도
바래지지도 않고 그대로이다. 이곳에서는 시간이 흐르지 않는
다. 나는 처음으로 웅변대회에 나간 씩씩한 어린아이처럼 큰 소
리로 문에 적힌 세 글자를 읽었다.

　**죄. 책. 감.**

　내 목소리에 글자는 루미놀 용액에 드러나는 혈흔처럼, 주술
사 에피시오가 만든 마법의 양초에 불을 붙이자 선명히 드러나
는 숨겨져 있던 글자처럼 더 선명해지며 여느 때보다 문을 활짝
열고 나를 환영했다. 첫 번째 방문에서 나는 글자만을 읽었고 두
번째로 오기 전에 그 의미를 정확하게 알았고 이번에는 이 방을
통째로 사기 위해 왔다. 내가 이 방 속에 들어갔었다는 건 누구
도 모르는 드러내지 않았던 반의 비밀이었고 그 나머지 반은 들

켜 버린 내 일상의 표면이었다. 나는 반의 비밀을 안고 줄이 없는 번지점프를 하듯이 아래를 향해 도약할 것이다. 에피시오의 마법 양초의 재료는 네 가지이다. 환영초의 줄기, 밀랍, 심지, 그리고 수염고래의 기름. 내가 아무리 추려 냈어도 세상에서 내 손으로 버리지 못한 것들은 4, 라는 숫자를 넘었다. 그것들을 내 방에 놓고 나는 이제 이 방으로 향한다. 나는 구원의 완벽한 반대말을 찾아냈다. 죄책감은 신이 내게 할당해 준 풍족한 아킬레스건이었다. 발목의 뒤쪽에만 쓰일 것을 내 심장 속에, 혈관 속에, 귓속에 넣어 놓고 마침내 구겨진 영혼을 완성해 냈다.

　방으로 들어가자마자 나는 거침없이 전등의 줄을 잡아당겼다. 이 줄은 세 번째를 위해 두 번째 방문에 예고해 준 것이었다. 인공의 달빛 같은 희미한 노란색의 빛이 방 안을 비춘다. 그러자 손등 위가 붉게 물들기 시작했다. 사라졌던 것이 되돌아온다. 시계 바늘이 거꾸로 돌아간다. 빗소리가 들리고 아카시아가 피고 유리창에 뿌리던 세제 냄새가 진동하고 여기서는 이 거친 비에도 꽃잎들은 젖지 않는다. 바닥으로 떨어지는 것은 나 말고는 아무것도 없다. 방은 욕실로 변했다. 아니, 내가 들어서기 전부터 자동으로 작동되어 물이 흘러 고이기 시작한 거대한 욕조였다. 그 욕조 속에서 피어오르는 뜨거운 김 덕에 내 발목 뒤에 숨겨 온 것은 들키지 않는다. 아무도 모르게 종이를 자르던 몇 달 동안 다짐에 다짐을 얹어 놓았던 마음을, 비상한 뇌를 가진 죄수를 모방하며 흉내를 내고 있는 나를 막는 것이 아무것도 없음에 안도한다. 만약은 절대 없다. 나는 어떤 연기자보다 훌륭하고 완벽하고 치밀하다.

**유리는 부서지기 쉬운 게 아니라 모든 것을 투명하게 바라보는 아름다운 거울이야. 그건 세상에서 가장 특별한 것이야. 유리야, 여기서 나가.**

욕조에 발을 넣고 물이 가슴까지 차오르자 엄마의 목소리가 들려온다. 나는 눈을 감고 마음으로 말한다. 이제 가요. 엄마에게. 나는 팔을 들어 욕조 가운데를 비추는 전등의 밧줄을 당겨 다시 어둠을 만든다. 눈으로 확인하지 않아도 알 수 있는 것에는 어떤 빛도 필요 없다. 사실은 이해받고 싶었던 충족되지 못한 여린 마음에 생긴 허기짐과 시간을 앞당겨 알 수도 있었던 것을 늦추게 만든 유아기적 흔적과 동시에 한편으로 기울어져 어른이 되기 전에 제 나이를 훌쩍 앞지르고 만 어린아이가 드디어 하나로 합쳐진다. 그런 나를 어둠 속에서 다른 한 줄기의 빛이 고요히 보고 있다. 눈을 뜨지 않아도 알 수 있다. 나는 잠시 눈을 뜬다. 그리고 나를 바라보는 그 눈동자에 내 눈동자를 정확히 맞추고 고정한다. 나는 그 눈동자 속으로 들어간다. 언제였던가. 이런 눈동자에 갇혀 본 적이 있다는 생각이 잠시 스친다. 걸려드는 건 당신의 자유, 라며 의연히 팔짱을 끼고 있던 그 촘촘한 그물은 드디어 나를 덮쳤다. 살펴 주지 않아 타국보다 더 멀어진 자신을, 단조가 아니라고 강력하게 부정할 수 없는 태생을, 유리라는 나의 이름을, 오명에 필요했던 저항을 그만둬 버린 자신에 대한 실망을, 유령을 자청하기로 한 내 휘청거리는 육체를, 잠시 기댔던 세상 속의 쉼표를, 그리고 무수한 이해를 버려도 살아남았던 모든 괴리를 순식간에 안아 버렸다. 빛보다 따뜻하게, 높은 온도로, 차가운 나를.

마지막으로 나는 내 기억을 불러냈다. 그리고 작별에 앞서 언젠가 우리가 다시 만나는 곳은 지금의 지상이 아니라고 알려준다. 내 기억은 나와 마주 보며 결국은 슬프지만 강인한 눈으로 내게 동의한다. 이제는 오직 빗소리만이 거칠게 볼륨을 점점 높여 간다. 나는 그날로 돌아간다. 나는 산책을 나간다. 거센 비가 몰아친다. 나는 나무 아래에 서 있다. 그 묵직한 빗방울에 손을 내민다. 이번에는 손등이 아닌 손목을 위로 향해서. 나는 내 발목 뒤에서 마침내 그것을 꺼낸다. 아니 발목 속에서. 나는 망설이지 않는다. 깨진 유리보다 더 얇고 가늘고 날카로운 그것은 내 혈관을 여러 번 따뜻하게 관통한다. 그리고 빗방울은 계속 생겨나는 붉은색의 거품을 지치지 않고 씻어 내고 흘려보내며 투명해지는 내가 잠들 때까지 나를 지켜본다. 나는 온 힘을 다해 나의 기억과 나를 분리수거했다. 나는 시계 바늘 위에 처음으로 먼저 선다. 이제 나는 세상 밖으로 나간다. 나는 승리한다.

# 4
## 타인들이 원하는 실패

마지막 타격은 우연히 왔다.

보슬비가 내리던 초여름, 병원에 들렀다 두툼한 약봉지를 들고 돌아오던 길이었다. 학교에서 나란히 돌아오는 찬영이와 봄이를 발견한 건 너무 늦었다. 우산을 아래로 내리고 슬쩍 비켜 지나가려는데 찬영이가 나를 알아보고 큰 목소리로 불렀다.

누나! 유리 누나! 어디 가?

나를 빤히 쳐다보는 봄이의 눈동자가 이미 알고 있는 사실을 다시 확인시켜 준다. 내가 아직도 귀환 전이라는 것을, 어쩌면 지금이 영원일 수도 있다고, 창 안에서가 아니라 거리에서 적나

라하게 내 앞에 들이민다. 이것이 현재의 상태이며 이미 내가 알고 있는 진실이다. 하지만 봄이의 낯선 눈동자에 나는 걷잡을 수 없이 무너진다. 투명의 인간은 말할 수 없다. 용서를 구할 수도 없다. 대신 마음만이 터진다. 너를 얼마나 보고 싶어 했는지 모른다고, 내가 너무 오래 잠을 잤다고, 암흑이 어린 너를 덮는 것을 막지 못했다고. 늘어난 시간이 얼마나 고통스럽고 고독한지 알게 해 줬다고. 삼촌을 지켜 주겠다고 네게 했던 약속을 지키지 못했다고. 나는 죄인이라고.

찬영아, 오랜만이네. 조심해서 가.

어, 누나도 잘 가.

표정이 굳어진 찬영이의 머리를 한번 쓸어 주고 서둘러 돌아서는 내 귀에 봄이의 목소리가 들려왔다.

찬영아, 누구야?

나는 급격하고도 강렬한 현기증을 느끼고 비틀거리지 않으려 노력하며 귀를 닫았지만 이미 들어온 소리는 막강하고 가차 없다. 무한으로 반복된다.

**누구야? 누구야? 누구야?**

나는 또다시 존재하지 않는 유령이 되었다. 다시 아무것도 할 수 없는 열 살이 되었다. 몸이 좀비처럼 흐느적거리며 땅으로 들러붙는다. 나의 참담함은 이미 점성을 잃었지만 끈질기게 바닥에 달라붙어 떨어지지 않는 껌처럼 내 입 속으로 들어와 나는 껌 대신에 내 잇몸 안을 거칠게 씹어 댄다. 내가 상처를 준 사랑하는 아이에게 다시 상처를 받는 어리석고 참을성 없는 이 나약한 어른의 모양새를 지닌 나는 죄책감과 별개로 자꾸 밀려드는 이 원망의 감정을 이떻게 다스려야 할지 모른다. 나는 술에 취한 사람처럼 휘청거리며 가장 커다란 용량의 쓰레기봉투를 뭉텅이로 사 들고 집으로 돌아왔다. 방 안을 둘러본다. 내가 소유한 것들을 응시하고 탐색한다. 방 안에는 무수한 내가 있다. 구역질이 왈칵 치밀어 오른다.

봄이는 영국을 떠나기로 한 날, 아빠를 배웅했다. 몇 년이 지났어도 아직도 영재와 직접 대면할 수 없는 봄이 아빠는 어린 봄이를 삼십 분 정도는 혼자 두어도 된다는 생각을 하고 만다. 영재는 늘 약속을 지키는 사람이었고 그것은 오래전에 이미 형성된 믿음이어서 과거가 현재의 그의 폐부를 아프게 찔렀지만 동시에 그 때문에 봄이를 두고 문을 닫을 수 있었다. 영재가 사랑하는 아내를 앗아 간 것이 아니라는 것을 알면서도, 아내에게 영재가 얼마나 소중한 존재인지 알면서도, 영재가 자신에게 어떤 의미인지 알면서도, 자신이 지켜야 하는 것이 봄이만이 아니라 영재의 엉망으로 훼손된 몸과 마음이라는 것을 알면서도 그는 자신을 이기지 못하고 낯선 나라로 도망치고 말았다. 어쩌면 자신을 묽게 희석시켜 언젠가는 다시 돌아올 것이라고 문득 생각했을지 모르지만 그를 움직이게 한 건 어찌 되었든 비겁함의 얼굴을 가진 이기적인 도피였다. 가슴 위에 얹혀 조금도 움직이지 않는 거인에게 구걸할 수도, 떠나라고 간청할 수도, 그 무거운 몸뚱이를 밀쳐 낼 수도 없었지만 그 거인이라도 자신을 누르고 있지 않다면 자신이 숨 쉬고 있다는 것조차 인식하지 못할 정도가 되자 그의 내면은 찢어졌다. 여러 갈래로 찢어진 내면은 그에게 질문을 한다. 겉으로라도 새로운 생을 모색해 볼 것인가와 이미 죽어 버린 한편의 자신을 더 강하게 끌어안을 것인가에 대해, 얇은 종이 한 장조차 끼워 넣기 힘든 그 비좁은 사이에서 그를 스쳤던 수만 가지의 감정들을 저울 위에 올려놓고 무엇이 조금이라도 더 가볍고 무거운지 대답할 것을 요구했다. 열 개도, 여섯 개도, 넷도 아닌 두 개의 객관식을 뚫어지게 바라본다. 어떤 선택을 하든 사실 아무런 차이도 없다는 것을 알면서도 그는 거대한 두 개의 물음표 사이에서 우선 긍정의 모습을 띤 생에 표시를 했다. 그건 미래를 보장해 주는 표시도 아니었고 각오도 아니었지만 그에게 주렁주렁 달린 존재들을 위한 우선의 최선책이라고 스스로가 말해 주었다. 갑자기 여읜 엄마를 한 번도 찾지 않는 도무지 해석이 되지 않는 봄이의 반응에 그저 무력한 자신을, 철심이 박힌 영재의 몸보다 자꾸 그 매끈한 얼굴에 고정되는 자신의 눈길에 언젠가는 지금의 자신을 제대로 단죄해야 할 시간이 올 것이라는 분명한 예감을 뒤로 넘겼다. 아내의 발인이 끝나고 다시 그 병원으로 들어가 영재의 상태를 의사에게 확인하고 봄이를 데리고 집으로 돌아오며 우연히 보고 말았던 까치의 입에 물려 있는 몇 가닥의 지푸라기에 그는 아무도 모르게 구토하고 또 구토했다. 술을 마셔도 술을 마시지 않아도 이제 세상은 늘 어지러웠다. 그것이 반복되자 그에게 필요한 것은 이성이 아니었다. 현실감각도, 쇄신이 절실한 비뚤어진 감정도, 올바른 양심도 아니었다. 그렇다고 자신만을 위한 생존 본능도 아니었다. 견고하던 새 둥지는 세차게 불어온 바람 한 방에 날아가 버리고 횃불을 밝히던 따뜻한 손길은 거짓말처럼 사라지고 사라진 온기는 녹지 않는 얼음으로 전환되었다. 그는 올라오는 구역질을 참으며 비행기 표를 예약했다. 그가 끊은 비행기 표의 행선지는 영국이었지만 그곳이 아프리카든 중국이든 목성이든 어차피 아무런 차이도 없었다.

봄이는 이미 다 챙겨 놓은 여행 가방을 몇 번이나 열고 닫으며 물건들을 확인했다. 여기는 너무 먼 곳이라 무엇 하나도 잃어버려서는 안 된다. 다시는 이곳에 오지 않을 테니까. 초록색 온도계와 초록색의 눈을 가진 인형과 아빠와 갔던 플리마켓이라는 곳에서 산 바우를 닮은 나무를 깎아 만든 강아지는 얌전히 가방 속에 들어 있었다. 처음에 아빠는 학교에 가지 않자 화를 냈지만 금세 포기를 했다. 그리고 이틀도 되지 않아 이른 저녁부터 얼른 내가 잠들기를 바라는 것을 눈치로 알았다. 방문이 닫히면 술병을 여는 소리가 들렸다. 아빠는 내가 잠들기까지 유리 언니처럼 같이 책을 읽지도 않았고 영재 삼촌처럼 무릎을 꿇고 나와 눈높이를 맞추며 말하지도 않았고 염소아저씨처럼 맛있는 간식을 만들지도 못했다. 일주일에 두 번, 파란 눈동자를 가진 아주머니가 와서 청소를 하고 음식을 만들어 냉장고에 채워 넣었다. 그리고 아주머니는 하나도 즐겁지 않은 얼굴로 창을 대충 닦았다. 어느 날, 내가 수건을 가지고 옆으로 다가가자 노 노, 하며 거부했다. 가끔 아빠와 외출을 나가면 거리에는 강아지들이 많았다. 하지만 어떤 강아지도 바우는 아니다.

문이 닫혔다. 그리고 봄이는 보았다. 아빠가 뒤도 한번 돌아보지 않고 집 앞에 주차된 자동차의 조수석으로 들어가는 것을. 자동차 속 금발 머리의 여자는 아빠가 안전벨트를 매자 어디론가 떠났다. 그 광경은 희미하지만 많은 것을 봄이에게 속삭이기 시작했다. 그 속삭임은 어린아이가 오래 손에 쥐고 있어 끈적거려진 사탕 봉지 하나를 결국 까게 만들었다. 언제인가부터 집에서 차가 사라지고 아무도 운전을 하지 않는다는 것과 아주 오래전에 무슨 일인지 며칠 동안 찬영이 집에 갑자기 머물게 됐지만 정작 어른은 찬영이 할머니뿐이었다는 것을, 그리고 다시 집으로 돌아오자 영재 삼촌이 없다는 것과 진짜 사라진 존재에 대해 물어보면 안 된다는 것을 느꼈던 저녁을 떠올렸다. 엄마의 마지막 모습이 어땠는지, 마지막으로 엄마와 주고받은 말이 무엇이었는지는 전혀 모른다. 기억이 없다. 엄마가 사라질 수 있다는 것이 가능한 건지. 고개를 들면 보이는 하늘이 사람들이 나를 보고 수군대며 말하는 하늘나라와 같은 것인지. 나를 유독 예뻐해주던 유치원 선생님이 왜 내 눈을 피하고 자꾸 고개를 돌렸는지. 갑자기 내가 싫어진 선생님이 있는 유치원은 얼마나 불편하고 무서웠는지. 봄이는 아빠를 빼고 영재 삼촌의 얼굴에서 눈, 코, 입을 떼 내어 찰흙을 뭉치듯이 고사리 같은 뇌로 엄마를 만들어 내고야 말았다.

그 기약된 삼십 분은 한 시간을 넘고 밤이 오고 다음 날이 되고 또 다음 날이 되어도 오지 않았다. 봄이는 그 시간이 닷새째로 넘어가고 있는지도 몰랐다. 그저 길고 긴 삼십 분이었다. 배도 고프지 않았고 목도 마르지 않았고 졸리지도 않았다. 그저 닫힌 문만 뚫어지게 보며 서 있었다. 초인종은 고장 난 듯이 영원

히 잠들었고 장난으로라도 아무도 문을 두드리지 않았고 창을
두드리는 건 이제는 익숙해진 빗방울뿐이었다. 하나만을 굳게
믿고 기다리던 마음이 차차 허물어지 시작하자 모든 것이 점점
흐려져 갔다. 닷새째 새벽이 돼서야 생각했다. 영재 삼촌은 왜
이렇게 안 오는 걸까. 갑자기 일이 또 바빠진 건가. 그럼 유리 언
니가 있는데. 염소아저씨도 있고 민주 언니도 있는데. 바우는 안
된다. 바우는 비행기가 무서워서 부르르 떨 것이다. 나처럼. 그
건 싫다. 바우에게는 내가 가야 한다.

염소아저씨는 나와 영재의 사고 소식을 듣고 병원에 도착하
고도 다음 날 영재가 봄이를 데리러 영국에 가기로 했다는 것
은 까마득히 모르고 있었다. 그 소식을 제일 먼저 전해 들은 건
나였다. 그런 내가 거의 일주일의 시간을 소모했다. 첫 번째 응
급 수술이 끝난 영재의 절실한 웅얼거림으로 알게 된 염소아저
씨가 최대한의 발동력으로 봄이에게 도착한 건 염소아저씨에게
연락을 받은 봄이 아빠가 다른 나라에서 도착한 직후였다. 봄이
는 아빠와는 눈도 마주치지 않은 채 서 있었다.

봄이야, 봄이야.

아무리 불러도 봄이는 돌아오지 않는다.

결국 탈수 증상으로 쓰러진 봄이를 병원 응급실로 옮기고 겨

우 봄이가 잠들자 봄이 아빠와 염소아저씨는 병원 복도에서 거리를 두고 서 있었다.

너를 한 대 치고 싶지만 지금은 내 손이 네 피부에 닿는 것조차 싫다. 지킬 것들이 있는데 어떻게 이렇게 대책 없이 무너지냐.

봄이 아빠는 한 대도 맞지 않았는데 이미 바닥에 주저앉아 있다.

영재와 내가 수술실에 있을 동안, 염소의 커피 집에서 더치커피 방울이 천천히 떨어지고 있을 동안, 찬영이가 조금씩 한글을 깨쳐 가고 있을 동안, 바우의 몸무게가 좀 더 늘어 갈 동안, 그날의 사고 소식이 한구석에 작게 실렸던 신문이 재활용 박스 안으로 던져질 동안, 어떤 풍경도 눈에 들어오지 않는 여행을 봄이 아빠가 하고 있을 동안, 영국에서 안개 섞인 비가 내내 내릴 동안, 병원에서 달려 나온 염소아저씨가 가게 문도 제대로 닫지 못하고 거칠게 공항으로 뛰쳐나가는 바람에 세 마리의 물고기들의 줄이 뒤집혀 서로 꼬이는 동안 봄이는 철저히 혼자였다.

이틀 후, 봄이는 염소아저씨를 따라 서울로 오는 비행기를 탔지만 그저 멍한 눈으로 앞만 보고 가만히 앉아 있었다. 병원 의사는 봄이에게 일시적인 기억상실이 왔고 그것은 보통 갑작스런 충격을 겪는 어린아이가 자신을 보호하는 방법이니 시간이 지나면 차차 기억을 회복할 것이라며 덤덤히 진단서를 끊어 주었다. 아저씨는 혹시나 하는 마음에 휴대폰에 저장된 영재와 나와 찬영이의 사진을 슬쩍 보여 주었지만 봄이는 전혀 반응이 없었다. 그러나 어쩌다 바우의 사진이 스쳐 지나가자 봄이는 갑자기 아저씨의 손에서 휴대폰을 빼앗듯이 가져가 한참을 들여다보다 처음으로 입을 열었다.

지금, 바우를 만나러 가는 거예요?

자신을 버린 어른들은 다 치워 버리고 그 속에서 바우만을 붙잡았다. 자기보다 여린 존재는 배제되지 않았다.

아저씨는 연신 고개를 끄덕이며 그제야 휴대폰을 손에 꼭 쥐고 깊은 잠에 든 봄이 옆에서 소리 없이 많은 눈물을 흘렸다. 찬영이를 세상에 내놓고 얼마 지나지 않아 세상을 먼저 떠나 버린 아내와의 짧은 시간이 아직도 꿈같아서, 소중한 친구였던 봄이 엄마가 그리워서, 봄이 아빠 녀석이 용서가 되지 않아서, 영재와 내가 걱정돼서, 어머니에게 맡기고 온 찬영이가 그새 보고 싶어서, 사는 게 뭐 이따윈가 싶어서.


떨어졌던 뼈들이 다시 붙어 가고 부었던 머리가 가라앉고 현기증이 미세하게 나아 가는 동안 어느새 가을이 가고 있었다. 남동생은 점심시간에, 민주는 이른 아침이나 밤에 매일 병원으로 왔다.

하루 종일 다른 존재들을 보살피고 온 민주 눈 속에 스며든 고단함을 보면서도 나는 또 하나를 얹는다.

왜 처음에 말을 안 한 거야. 난 이제 신장이 하나야. 그게 뭐 어때서.

이런 횡포가 없다. 혀 하나로 가하는 폭력에 무너졌던 내가, 내 혀로 내가 경멸하던 것을 똑같이 해 댄다. 해체된 자아. 어떤 의도도 목적도 그로 인한 얻음도 없는 이 허기진 괴롭힘. 자신을 찔러 대다 그것도 모자라 소중한 것까지 건드리는 이 기막힌 어리석음. 엉망이 된 자신을 눈으로 목격하고도 더 엉망이 되고 싶은 이 열렬한 욕망. 가장 가까운 사람에게 울부짖는 조용한 괴성. 죄가 너무 커서 무릎을 꿇는 대신 도리어 스스로 미친 불덩이가 되어 버리고 마는 비정상적이고 불규칙적인 감정의 순서.

퇴원을 하고 집으로 돌아와 두 달 치의 달력을 한꺼번에 넘겼다. 염소아저씨는 거의 매일 전화로 내 안부를 확인했다. 영재는 그날의 사고로 누나가 지켜 냈던 얼굴을 많이 다쳤고 왼쪽 다리에 치명상을 입었다. 염소아저씨는 영재의 세 번째 수술이 며칠 전에 무사히 끝났고 얼굴이 거의 회복되어 가는 중이라고 했다. 거의, 라는 말은 잔인했다. 그동안 멀쩡한 그의 얼굴은 누나가 마지막으로 지켜 준 유일한 증거였고 그것은 자신을 괴롭히는 재료가 되었다. 이제는 그것마저 예전처럼 사용할 수 없는데 그렇다면 이제 그는 어떤 가면을 쓰고 자신을 단죄해야 하나. 그리고 염소아저씨는 봄이가 찬영이를 시작으로 자신과 민주까지 차례로 기억해 냈다고 미안한 목소리로 전해 주었다. 영재와 나는 아직 봉인되어 있었다. 나는 서글픈 마음과 그리운 마음을 이기지 못해 민주에게 부탁했다. 약속된 시간이 되자 창으로 다가가 커튼을 연다. 익숙한 골목으로 달려들어 오는 바우와 낯선 곳으로 가는 바우를 보호하려고 골목 밖으로 끌어 대는 봄이가 보인다. 나는 당장에라도 뛰어 내려가고 싶은 마음을 누르고 누른다. 나는 민주에게 크게 고개를 끄덕이고 돌아섰다. 그리고 급히 두통약을 삼키려고 고개를 젖히며 잃어버린 것들과 살아남은 자신이 나뉜 확연한 경계선을 본다. 커다랗고 긴 알약은 땅으로 떨어져 버렸다. 나는 처음에는 무의식적으로 거부하던 약을 허겁지겁 찾아 주워 그것을 입 속으로 밀어 넣는다. 이 약은 나의 뇌 속의 무기력을 겨냥한 것이 아니라 나를 더 무디게 하고 오래 잠들게 만들고 생각을 막는 능력을 지닌, 이미 외면하고 있었던 현실을 더 외면해야 한다고 말하는, 적군인지 아군인지 구별할 수 없는 복잡한 이름을 가진 다국적 전사들이다.

중학교 때, 타이밍이라는 약을 먹은 적이 있다. 학구파들의 엄마들 사이에서 은밀히 유행하던 불면의 그 약은 양심에 상반

되는 하얀색의 작은 알약이었다. 부모들의 경쟁과 욕심으로 생겨난 그 약은 이미 피곤에 절어 있던 자식들의 방에 몰래 스며들기 시작했다. 앞으로 남은 수많은 날들 중 미리 당겨쓰는 별것 아닌 하룻밤이라고, 지금은 그럴 수밖에 없는 시기라고, 언젠가는 지금의 이 시간이 더 멋진 시간들을 끌고 와 줄 거라고 미음먹은 엄마들을 말릴 수 있는 건 같은 집에 사는 고지식하고 자식에게 무관심한 아버지도 약사도 아니었다. 이번뿐이라던 처음의 순간을 연장시킨 건 그 하룻밤의 짧은 희생이 올려 주는 성적표의 높아진 숫자였다. 도박에 빠진 남편과 결국은 어렵게 헤어짐을 택한 엄마들도 자신들이 하고 있는 도박은 알지 못한다. 그저 희망의 칩을 잠시 사용하는 것이라고 생각하지만 그건 그녀의 남편이 처음 도박판에서 잭팟을 터뜨리고 희열에 사로잡히던 순간의 재생이라고는 꿈에도 생각하지 못한다. 갓 만든 신선한 샌드위치 접시를 들고 아들의, 딸의 방을 노크한다. 샌드위치 속에 들어 있는 오이도, 양상추도, 얇은 햄도, 삶아서 으깬 달걀도 주인공이 아니다. 이미 옷을 벗고 알몸이 된 작은 알약을 방으로 들이기 위한 조연일 뿐이다. 자식의 방 안은 불법 카지노로 변하고 눈빛 하나로 슬쩍 건네는 그 사랑의 무늬 없는 작은 칩은 자식의 목 속으로 샌드위치와 함께 삼켜졌다. 나는 불법의 그 장면을 직접 목격하지 않았어도 충분히 알 수 있었다. 어떤 아이도 말하지 않았지만 나는 그 전날에 약을 먹은 아이들을 구별해 냈다. 그건 어쩐지 멍한 눈도, 충혈된 눈도, 단추가 잘못 끼워진 교복 상의도, 비밀스런 만족감도 아닌 학교까지 묻어온 조증의 냄새 때문이었다. 아직 몸속에 남아 있는 알약이 자신을 삼킨 주인과 함께 조급해하며 시험지를 기다린다. 자신의 힘이 사라지기 전에 능력을 증명하고 싶어 하는 초조한 알약과 시험지에 지난밤의 암기를 얼른 새겨 넣어야 하는 주인이 하나로 합체되어 발을 동동 구른다. 재산이 물려지듯이 욕심이나 욕망도 물려진다. 시간이 더 흐르면 약을 건네는 자와 약을 삼키는 자가 바뀔 뿐이다.

나는 읽고 있던 안톤 체호프의 《벚꽃 동산》을 덮고 가방 속에서 어렵게 구한 알약을 꺼내 물도 없이 목 안으로 넘겼다. 그리고 내일 볼 시험 과목 중에 생물 교과서와 문제집을 펴며 나는 엄마를 생각했다. 치맛바람을 휘날리는 엄마들과 마리오네트가 된 아이들 사이에서 내 엄마라면 생각조차 해 보지 않았을 일을 스스로 행하며 나는 엄마를 불러냈다. 나는 생물 책을 넘기며 엄마가 없는 시간을 넘긴다. 지고 싶지 않다. 엄마가 있는 아이들에게. 그리고 동시에 나를 관찰했다. 이 약이 나를 어떻게 조종하는지를. 나는 그들처럼 쩔쩔매고 초조해하지도 않으며 유일하게 우리 반에서 생물 과목에 백 점을 맞았다. 어차피 그 점수를 자랑하거나 내 머리를 쓸어 줄 어른은 없었지만 그건 이미 내게는 조금의 슬픔도 되지 않았다. 얼마 후에 나는 인쇄된 진짜의 100, 이라는 숫자를 눈으로 보며 그것이 0, 이란 숫자와 다름없음을 깨달았고 중력을 역행하는 목적으로 만들어진 것이 만들어 낸 둔탁하고 멍했던 새벽을 떠올렸다. 100, 이라는 숫자는 완전하다기보다는 더 이상 내게 요구할 것이 없다는 이별의 말처럼 보였다. 내가 타이밍을 삼킨 그날 밤은 이미 두꺼운 물감으로 덧칠된 그림에 또다시 덧칠을 한 혼탁한 유화였다. 타이밍이란 알약은 시간. 더럽게도 정직한 이름이다.

염소아저씨는 이제 천천히 떨어지는 더치 방울을 느긋하게 바라볼 시간을 빼앗겼다. 내가 모르는 영재가 있는 병원을 부지런히 오가고, 영국에 있는 또 다른 무너진 존재의 무사함을 확인하기 위해 매일 똑같은 시간에 맞춰진 알람 소리에 눈을 떠 긴 숫자의 전화번호를 누르고, 원래 두 아이의 아빠였던 것처럼 숙제를 챙기고 잠자리를 봐주고, 아이들을 데리러 학교 앞으로 가는 길만이 산책이 되었고, 그사이에 닫힌 가게 앞에서 돌아선 단골손님들이 다른 가게에서 커피를 마시는 모습을 봐도 새로운 아르바이트 직원도 구하지 않는다. 그저 쓰러진 존재들과 더는 쓰러지면 안 되는 존재들 사이를 정신없이 오간다. 마치 《서부

전선 이상 없다》소설 같다. 엄청난 희생자가 나와도 전혀 이상이 없다고 보고되는 전쟁터의 최전방에 있지만 절절한 고발장을 작성하거나 한탄에 잠겨 있을 시간조차 허락되지 않았고 이미 혹독하게 지나간 시간의 경험도 새로운 사건 앞에서는 무용지물이 되는 것에 기가 막혀도 그걸로 책을 써낼 수도 없다. 도리어 손가락 하나로 밤을 새워 마을의 홍수를 막아 낸 어린 소년에 가깝다. 그것이 박애든, 투지든, 의무감이든, 분노에 대한 다른 방식의 고요한 싸움이든 그것에 무슨 이름이 필요한가. 더이상의 희생자는 허용하지 않겠다는 그 결투로 이미 나가 버린 정신과 피곤에도 아저씨는 지치지 않는다. 어떠한 스포일러에도 흔들리지 않으며 크지도 않은 몸집과 나직한 목소리로 어마어마한 힘을 발휘한다.

바우는 봄이가 있는 곳과 나의 집을 따로 옮겨 다니며 인간들이 하지 못하는, 염소아저씨가 혼자 죽도록 손가락으로 막아 냈지만 그래도 어쩔 수 없이 미세한 틈새로 들어온 물방울의 잔재들을 책임지고 있었다. 이응, 으로 시작되는 봄이의 잃어버린 존재와 기억들을 모두 대신해서. 엄마, 아빠, 영재, 유리. 그리고 영국. 아, 온도계. 아아, 어쩌면 앙고라 장갑의 이응까지도.

나는 영재가 보고 싶다. 내 지갑 속에는 아직도 영재의 전화번호가 있지만 누르지 못한다. 누군가에게는 아무것도 아닌 일이 기적처럼 느껴질 때 생은 한없이 초라해진다.

# 5

창(窓)


　나는 여름의 어느 날, 산책을 나갔고 갑자기 쏟아지던 비에 손
등을 내밀었을 뿐인데 이 상처 난 손목은 누구의 것인가. 누
가 어떤 강력한 지우개로도 지우지 못하는 이 시뻘건 크레파스
를 내 손목 위에 그려 놓았나. 그것이 알려 준 진실은 단 하나였
다. 내가 무언가에 실패했다는 것의 증표. 가고 싶은 곳에 도달
하지 못했음을 말해 주는 구멍이 뚫리지 않은 차표. 내가 이 세
상을 지독히도 싫어했다는 것을 낱낱이 적어 놓았지만 사라진
일기장의 열쇠. 그래서 들여다볼 수 없는 지난 시간. 하지만 어
린 열 살과는 달리 무언가를 수행했다는 확연한 흔적.

평온한 여름날이다. 뜨거운 태양은 모든 것에 부드럽게 내려 앉아 있고 달착지근한 향이 공기 중에 스며들어 있다. 비슷한 골목들이 무수히 나 있고 그 골목 안에도 비슷한 집들이 나란히 붙어 있다. 카메라를 줌인 하듯이 나는 정확하게 붉은색 지붕 위의 누군가에게 바로 초점을 맞춘다. 초록색 물방울무늬 티셔츠와 하얀색 반바지를 입은 여자아이는 겁도 없이 지붕 위를 걸어다니고 있다. 다시 줌인. 아, 나는 어떻게 지붕 위를 저렇게 잘 걸어 다니는 걸까. 그때 어디선가 오르골 소리가 들려왔다. 그러자 그 여자아이는, 아니 어린 나는 지붕 위에 털썩 주저앉아 얼음이 든 음료수를 마신다. 오르골 소리는 끊어졌다 잠시 후 다시 시작되기를 반복한다. 기다란 곱슬머리가 스트로에 자꾸 엉킨다. 나는 스트로를 뽑아 지붕 바닥에 음료수를 조금씩 떨어뜨린다. 금세 증발되는 모양이 신기해서 반복하고 또 반복한다. 그때였다. 지붕 아래 담을 타고 줄무늬가 있는 고양이가 지나간다. 내가 야옹, 하고 부르자 고양이가 고개를 들어 나를 올려다본다. 나는 고양이의 새까만 눈동자에 갇히고 만다. 눈부신 태양에도 전혀 깜빡이지 않는 그 깊은 눈동자에 감탄한다. 얼마 전에 이사를 간 옆집 아주머니가 말해 주었다. 글쎄, 우리 동네에 있는 길고양이들 중에 줄무늬 고양이는 민트 잎을 먹는다네. 식성도 특이하지. 아주머니의 말을 들은 후부터 나는 동네에 피어 있는 민트 잎을 자주 살펴보았다. 민트 잎은 조금씩 귀퉁이가 잘려 있었다. 민트 잎 하나를 따서 입에 넣고 씹어 보았다. 민트 잎에서는 쌉싸름한 맛이 났다. 나는 해가 질 때까지 지붕 위에 가만히 앉아 있다. 한낮의 열기에 지친 머리카락이 푸석거려져도 상관없이 지붕 위의 어린 나는 그토록 여름을 좋아한다.

나는 지금 안개 속을 달린다. 욕조에서 나와 어디론가 도망치는 중이다. 그러면서 설탕을 담던 중 쓰러지듯이 잠이 들어 꾸었던 여름날의 꿈을 떠올린다. 나는 꿈속에서 지붕에서 떨어지지 않았다. 그저 한가로이 지붕 위에서 고양이를 보고 달콤한 음료수를 마시고 장난을 치고만 있었다. 아련하고 행복한 꿈이었다. 그런 꿈이라면 다시 또 꾸고 싶을 정도로.

나는 안개 속에 있다. 안개 속을 달리고 있다. 이 달리기는 나의 심장 박동을 최대한으로 끌어올려 고장을 내고 그 자리에 새로운 심장을 넣을 생각인지도 모른다. 무언가가 그립다. 아프다. 미안하다. 안고 싶다. 만져 보고 싶다.

남편은 휴대폰을 받지 않는 일이 거의 없었다. 내 전화를 받을 수 없을 때는 ',' 라는 단축된 암호가 미리 떴다. 장난 같은 약속으로 시작된 일이었지만 나는 그 쉼표를 받을 때마다, 그리고 얼마 지나지 않아 어김없이 휴대폰이 울릴 때마다 그 성실함에 따뜻했다. 안개는 나와 남편의 비밀스러운 암호까지 알아채고 나 혼자만을 상대하겠다고 달려들었다. 나는 본다. 그 뿌연 안개 속에서 내 왼쪽 손목에 칭칭 묶여 있는 하얀 붕대를, 그 안으로 보이던 혈흔의 자국을. 내가 어렵게 끊어 냈던 혈관들이 타인의 섬세한 바느질로 결국 나를 다시 지상으로 끌어내렸다. 몇 시간의 예술에 가까운 그 노동에, 그 노고에 고맙다고 말할 수 없는 자들이 거치는 중환자실을 거쳐 또 다른 여러 전문의가 앉아 있는 방들 속 의자에 앉기까지의 뭔가 기계 같은 과정을 나는 떠올렸다. 조심스레 붕대를 갈아 주며 괜찮은지 묻는 간호사의 말에 내가 확인한 건 여전히 감각이 없고 쓰라린 손목이 아닌 나의 텅텅 비어 있는 소망이었고 새로 보태진 것은 다시 나를 살려 낸 자들의 먹살을 잡고 싶은 폭력의 기운이었다. 나의 자유의지는 철저히 말살되었다. 병원의 병실에서도, 복도 속에서도, 병원 밖에서도 마주친 눈빛들은 비슷했다. 그들에게는 내 얼굴도 내 말도 필요 없다. 그리고 내 이름도 필요 없었다. 내가 어떤 사람인지 알려 주는 건 내 손목에 묶인 두툼한 붕대 하나면 충분했다. 사람들은 자신의 모든 것을 동원해 내게 자신의 의견을 피력하고 싶어 어쩔 줄 몰라 했다. 누군가는 내 손목을 힐끔거렸고 누군가는 아예 눈을 떼지 못했다. 동정과 호기심과 비난의 눈빛과 혀를 끌끌 차며 혼잣말의 흉내만 내는 말들은 고스란히 내게 전해졌다. 요즘 애들은 근성이 없어. 젊은 날의 잘못된 선택으로 생을 망치고는 하지. 나중에 얼마나 후회를 할 거야. 저 손목을 어떻게 할 거야. 젊은 여잔데 결혼은 글렀네. 죽을 용기는 있으면서 왜 악착같이 살 생각은 못하는 건지. 인생이란 어차피 누구에게나 고행인 것을.

그들이 보는 것은 오직 내가 만든 붉은 줄 위를 덮은 붕대였고 그들이 알지 못하는 것은 용기의 종류가 수만 가지라는 것이고 그들이 절절히 믿고 싶은 것은 뉴스나 신문 속에 매일 등장하는 불쾌하고 기분 나쁜 컬트 속에 자신만은 결코 속하지 않겠다는 의지이고 속하지 않을 거라는 간절한 소망이었다. 타인의 기가 막힌 사연에 분통을 터뜨리고 굶어 죽어 가는 아이들의 커다랗고 힘없는 눈동자를 보며 가여워하고 얼음 한 조각 위에 간신히 올라서 있는 애처로운 눈빛의 북극곰을 보며 잠시 지구 온난화를 걱정한다. 하지만 그 걱정과 분통은 몇 분 후면 사라지고 서명에 참여하거나 후원 번호를 누르는 대신 막장 드라마를 보기 위해 리모컨을 들어 채널을 맞추고 푸짐하게 먹은 저녁에 늘어난 지방을 걱정한다. 타인의 실패나 불행을 보며 자신의 앞날을 다시 단속한다. 누구도 확신할 수 없고 볼 수 없고 예측이 전혀 불가능한 것이 사실은 미래라는 것을 알면서도. 실은 두려움에 덜덜 떨고 있으면서.

달리기를 멈추고 땅에 드러누워 드디어 튀어나온 이름들을 입으로 차례로 발음해 본다. 그러자 애교 섞인 얼굴을 하고 질문으로 가득 찼던 문제집은 슬그머니 웃으며 다가왔다. 당연히 자신은 해답지를 가지고 있었다고. 자신을 질문만 던지던 이상한 존재로 오해하지 말고 이제 마음을 풀라고. 그리고 자신의 지독한 장난은 내가 더 성장하기 위한 배려였다고 말하며 등 뒤에 달려 있던 해답지를 선물처럼 내놓고는 내게 이젠 들춰 볼 자격이 있다고 말한다. 문제집의 제목은 생, 이었다.

나는 냄새를 맡는다. 흙의 냄새를, 비릿한 피의 냄새를, 봄이 살결에서 나던 어린아이 특유의 냄새를, 바우의 촉촉하고 까만 코에서 나던 사랑스러운 숨의 향을, 엄마의 마지막 봄에 만개했던 아카시아 꽃의 향을, 비에 놀란 가여운 염소들이 내뱉던 호흡 속의 솔직한 두려움의 공기를, 바이올린 염소의 손등에 뭉쳐 있던 먼지 냄새를. 나는 느낀다. 작은 손으로 하나의 민트 잎을 따던 그 싱그러운 탄력을, 내 등을 찌르는 뾰족한 자갈의 불편하지만 이상하게 시원한 감촉을, 온도계를 건네며 내 손에 잠시 닿았던 바이올린 염소의 의외로 부드러웠던 털을, 거름망 위에 옮기며 부서지던 말린 팬지 잎의 나비 같은 가벼운 무게를. 나는 상상한다. 한 번도 만져 보지 못했던 고양이 몸 위의 줄무늬 결을 따라 움직이는 내 손가락을, 맨발에 닿았던 지붕 위의 뜨거운 열기를, 내 속에서 망가져 영원히 나와 분리되던 하나의 신장과의 갑작스런 작별을. 그리고 생각한다. 모두 다르지만 어쩐지 한결같았던 것들의 이상하고 *끈끈하고* 다정한 그 연결을.

이번 오이김치는 좀 엉망이에요. 다음에 제대로 하면 먹어요.
출장에서 돌아온 남편은 오이김치부터 찾았다.
뭐 어때. 그냥 같이 먹어 버리자.
남편은 이미 입속으로 불량의 음식을 넣고 씹어 댄다.
참, 수족관이 좋아, 동물원이 좋아?
남편은 실패한 오이김치를 맛있게 아삭거리며 물었다.
둘 다 좋아하는데. 왜요?
한 달 후에 가까운 신도시에 수족관과 동물원이 생긴다고 남편은 말해 주었다.
남편은 엉망이 된 음식들을, 안개가 잔뜩 묻어 있는 반찬들을, 안개와 싸우던 시간을 입속으로 넣어 열심히 전멸시킨다.
뭐, 맛있기만 한데.
당신은 지금 안개를 먹고 있어요.
나는 남편이 오기 전에 버려져 음식물 쓰레기통 속에 있을 커다란 콩들이 마음에 걸린다. 더 이상 부풀어 오르지 않기만을 바랐다.

물리학 책장을 한 장 넘기고 잠시 펜을 놓는다. 내게 다시 낙향한 기억들에 대해 어떤 태도도 취할 수 없다. 내가 보름 전에 다시 기억을 찾았다는 것은 아직 아무에게도 털어놓지 않았다. 내가 자초한 일에는 재활이라는 이름을 붙이지 못한다. 내가 살아남았던 것들에 무슨 이유가 있는 걸까. 그저 운이 나빴던 것인가. 아직도 세상이 나를 붙들고 있을 만한 고약한 계획을 가지고 있는 걸까. 엄마는 아직 나를 안고 싶지 않은 걸까. 신은 내 눈물로 다 채운 비커를 빗방울을 넣어 속이려는 인간의 괘씸한 수작으로 여기고 다시 텅 빈, 더 커다란 비커를 내 앞에 놓은 걸까. 혹시 붉은 가게 상인이 쓸데없는 오지랖으로 다시 한 번 내게 기회를 주라고 신에게 간청한 것은 아닐까. 차마 버리지 못한 것들이 완전범죄에 발을 붙잡힌 걸까. 모든 것을 뛰어넘고 나를 사로잡은 건 지독한 그리움이었다.

나는 민주에게 전화를 했다.

어, 유리야. 안 그래도 전화하려고 했는데.

그래? 뭔데?

너부터 말해.

있잖아, 바우, 내가 오늘 밤만 좀 데리고 자도 돼?

내 말에 민주는 단호하게 말했다.

안 돼.

알았어. 쳇.

삐치기는, 안 그래도 전화하려던 참이었어. 나 내일부터 지방에 일이 있어. 길면 일주일 정도. 조금 이따 바우 데리고 갈게.

나는 마음을 다잡고 다시 민주에게 전화를 했다.

어, 왜?

민주야…… 나 얼마 전에 기억이 돌아왔어.

한동안 정적이 흘렀다.

미안해, 민주야.

민주의 잔뜩 목이 멘 목소리가 소리를 질렀다.

너, 죽을 줄 알아. 당장 갈 테니 기다려!


남편은 바우가 집에 온다는 말에 이번이 처음도 아닌데 또 평소보다 헐레벌떡 귀가했다. 남편은 바우를 우리 대장님, 이라고 부르곤 했다. 그 별명이 마음에 드는지 바우는 남편이 대, 대, 대, 하고 뜸을 들이며 장난을 치면 달려들며 좋아했다. 남편이 바우를 데리고 저녁 산책을 하러 나가고 나는 저녁 식사를 준비했다. 낮에 바우를 데리고 온 민주의 눈은 퉁퉁 부어 있었다. 들어오자마자 내 등을 소리 나게 몇 번이고 때렸다. 바우가 놀라 으르렁거리자 너도 물어! 유리 누나 아주 세게 물어 버려! 하다 도리어 바우가 민주에게 어금니를 드러내는 바람에 나는 살아남았다. 나는 남편에게는 아직 알리지 않았다고 민주에게 말했지만 정작 물어보고 싶은 사람들의 이름은 차마 입에 올리지 못했다. 바우는 신나게 뛰어놀았는지 시커먼 발로 돌아왔다. 저녁을 먹고 민주가 돌아가자 남편 옆에서 늘어져 졸음을 참다 갑자기 떨어진 고개에 놀라 깨다를 반복했다. 우리 대장님, 졸리면 자면 되지 왜 참아, 하며 남편이 바우의 머리를 다리에 기대게 하자 바우는 다리를 쭉 펴더니 깊이 잠이 들었다. 나는 창가에 앉아 물리학 책을 필사하기 시작했다. 어려운 문양을 따라 그리듯이 여러 가지 법칙과 이해되지 않는 설명들을 노트로 옮긴다.

이제 그만 자자.

먼저 자요. 이번 페이지까지만 하고 들어갈게.

남편은 잠이 든 바우를 조심스레 안고 방으로 들어갔다. 내가 두 페이지를 더 필사하고 방으로 들어가자 남편과 바우는 침대 위에서 연인처럼 붙어 곤히 잠들어 있었다. 나는 밖으로 빠져나온 바우의 꼬리에 이불을 끌어다 덮어 주었다.

아침을 먹은 바우가 몸을 세워 창밖을 바라본다. 산책을 하고 싶다는 표현이다. 내가 바우의 옷과 끈을 꺼내자 바우는 신이 나서 현관에서 발을 동동 구르며 나를 재촉하는 소리를 낸다. 밖으로 나가자 바우의 몸에 묶인 끈이 최대한으로 늘어난다. 하지만 나와 바우는 이어져 있다.

수족관 속 물고기들은 자유로웠다. 아무리 봐도 질리지 않는다. 사람들은 살짝 물고기의 원래 서식지나 이름이 붙은 한구석의 설명을 보기는 했지만 금방 물고기들로 눈을 돌렸다. 투명하고 거대한 유리 속은 깊고 맑은 바다의 한 단면을 잘라 가로로 눕혀 놓은 것 같다. 어쩌면 물고기들에게 사람들이 구경거리일지도 모르겠다. 몸집이 커다란 물고기와 엄지손톱만 한 물고기들이 사이좋게 한 공간에서 서로 부딪치지 않으며 공존하는 광경은 인간들은 모르는 질서였다. 눈을 뜨고 잠을 자는 그들에게 아직도 내게 달려 있는 불면증은 사치일지도 모른다. 수족관에서 한참의 시간을 보내고 십 분을 걸어 동물원 입구로 들어섰다. 운동화 아래로 자갈이 밟히자 묘한 느낌이 들었다. 기시감이 아니다. 꿈도 아니다. 착각도 아니다. 분명히 나는 이곳에 왔었다. 안개 속을 달리며 안개를 먹고 안개를 다시 토해 내고 대신 기억을 받은 곳이다. 그 자갈들이 확실하다. 동물원은 그리 크지는 않았지만 소박한 동물 농장처럼 정겨웠다. 여러 동물들의 우리를 지나 나는 발을 멈췄다. 그곳은 염소 우리였다. 염소를 오랫동안 구경하는 사람들은 별로 없었다. 사막여우나 기린이나 미어캣이 있는 우리 앞으로 사람들이 몰려들었다. 남편도 염소 우리를 금방 지나쳐 처음 보는 미어캣 우리 앞에서 정신이 나가 있다. 그 덕에 나는 시간을 벌었다. 나는 염소 우리 앞에 멈춰 섰다. 뿔의 크기도, 두께도, 몸집도, 털의 색도 조금씩 다른 염소들을 세어 보니 열한 마리였다. 나는 주문을 외웠다. 혹시 여기 있다면, 하고 싶은 말이 있어요. 몇 분이 지나도 내 앞에서는 보통의 염소들만이 한가로이 왔다 갔다 했다. 남편은 미어캣 우리 앞에서 내게 얼른 오라는 손짓을 했다. 내가 포기하고 발걸음을 옮기려는 순간, 돌로 만들어진 동굴 속에서 염소 한 마리가 천천히 걸어 나왔다. 그리고 내 앞으로 곧장 걸어왔다. 가까이서 본 그 염소의 눈동자는 에메랄드빛이었다. 꿈속에서 늘 내 옆자리에 앉아 있었던, 빗소리에도 놀라지 않던, 내게 온도계를 슬쩍 건네주었던 바이올린 염소였다. 나와 염소는 한동안 가만히 서로를 바라보았다. 내가 철창 사이로 왼손을 내밀자 염소는 내 손가락을 지나 내 손목의 시뻘건 상처를 오랫동안 따뜻한 침으로 핥아 주었다. 정성을 다해, 비밀스럽게, 아무렇지 않게. 그리고 침착하게. 그러고는 꿈속에서처럼 염소들의 무리 속으로 유유히 들어갔다. 나는 마음으로 말했다. **고맙습니다. 당신을 기억합니다.**

남편과 집으로 돌아오는 길에 간단히 장을 보고 와플을 샀다. 어느새 어둑해진 저녁이 되었다.

어땠어? 좋았어?

응, 또 가요.

나, 사실은 혹시 돌고래라도 있지 않을까 말도 안 되는 기대를
했어. 웃기지?

나는 남편의 손을 놓고 그의 어깨를 힘껏 안았다.

이래서 당신이 좋아요.

업어 줄까?

남편은 나를 업고 걸으며 내가 깃털처럼 가볍다고 너스레를
떨었다. 내게 업혀 있었고 아직도 업혀 있는 내 무거운 과거와
다시 찾은 기억의 무게까지 모든 것을 등에 지고도.

꺼져 있는 우리 집의 창문이 보이자 나는 고백했다. 기억을 찾
았다는 말 대신에.

봄이가 보고 싶어요.

남편은 걸음을 멈추고 나를 가만히 내려놓았다.

봄이도 당신을 찾아.

봄이가 나를 기억해 냈어요? 정말이죠? 언제요?

남편이 말한 날은 내가 안개 속을 달리던 날이었다.

안개는 봄이였었나. 내 입술에서 튀어나오고 싶었던 행복하
고도 아픈 이름이었나. 유리병 속에 갇히고 싶지 않았던 설탕이
었나. 먼지를 허락하지 않는 투명한 창이었나. 내가 기억하지 못
하는 나의 어린 엄마였었나. 내게 물고기 풍경을 주고 사라졌던
붉은 가게 주인의 질책이었나. 더치 방울이 떨어지는 것을 지루

하지 않게 바라보던 염소아저씨의 근성이었나. 입이 무거운 남동생과 민주의 사실은, 애타던 속내였나. 비를 그토록 두려워하던 꿈속 염소들의 예지였나. 아니면 내 기억 마지막 날의 사납게 퍼붓던 빗방울의 모태였나. 하필이면 영재의 눈에 흘러 들어간 먼지의 잔재였나.

내가 다시 돌려받은 기억으로 카산드라는 다시 아폴론의 손아귀에 놀아나 아무도 또다시 그녀가 예언한 트로이의 멸망을 믿지 않고 오이디푸스 왕은 자신이 알게 된 엄청난 진실에 또 부들거리며 다시 손에 포크를 쥐게 된 걸까. 제군들의 하품으로 강의실이 온통 이산화탄소 동굴로 변해도 아랑곳없이 스타니슬랍스키의 강의는 더 지루해지고 길어졌을까. 예지 그로토프스키는 이제 가난이 지긋지긋해져서 연극을 그만두고 금싸라기 땅을 사는 데 시간을 투자하며 생의 열정을 불태울까. 순수 박물관에는 이제 관광객이 끊겨 퓌순에 대한 케말의 집착만이 혼자 외로이 남아 박물관을 지키며 몰래 욕실에서 훔친 한 짝의 귀고리와 립스틱과 그녀의 입술이 닿았던 담배꽁초와 같이 시간에 삭아 가며 녹슬어 가고 있나. 스밀라는 평생 눈이 내리지 않는 고장에서 태어나고 다자이 오사무는 첫 번째 자살에 성공하고 롤랑 바르트는 바닥이 없는 애도에 지쳐 트럭에 몸을 던지기 전,

우연히 그 길거리에서 만난 뫼르소와 합작해 강렬한 태양 아래 같이 미쳐 살인을 저지르고 마는 건 아닐까. 아무리 치밀했어도 손이 미끄러지고 눈이 흐려지는 틈에 살아남은 몇 개의 유리, 라는 단어는 왕성한 번식력을 얻어 더 많은 유리를 책 속에 생산해 내면 어쩌나.

반대로 실비아 플라스는 마음을 고쳐먹고 얼른 달궈진 오븐의 불을 끄고 자신의 아이들을 위해 남은 생을 바치기로 마음을 다지고 달의 궁전에서 점점 궁핍해진 포그는 마지막 달걀을 바닥에 떨어뜨리지 않고 덜 절망했을까. 어렵게 사랑을 이룬 케말과 퓌순은 아이들을 펑펑 낳고 비좁은 자동차로 가끔씩 여행을 다니며 평범할지언정 비극과는 동떨어진 일상 속에서 세월을 보내고 타고난 난독증을 가진 베티는 아예 연인의 소설을 읽지도 못해 방갈로에 앉아 포크로 한가로이 케이크를 잘라내 입에 넣고 음미하고 있는 중일까.

어쨌든 가장 확실한 건 나와 분리되었던 기억이 마지막 공연까지 훌륭히 자신의 역할을 해 냈다는 것이다. 이제는 영영 막이 내린 무대에 주저앉아 긴장이 조금씩 빠져나가자 내 기억은 가만히 골몰한다. 모두가 기립해 박수를 칠 때 가만히 앉아 고개를 아래로 한없이 떨구고 있던 단 한 명의 관객을 생각한다. 그리고 마침내 99퍼센트의 박수보다 무언가를 놓친 것 같은 나머지

1퍼센트가 마음에 걸려 그 관객을 추적하기로 마음먹었다는 것이다.

그날 밤, 안개가 찾아왔다. 오랜만의 안개였다.

창을 닫지 마요.

이제는 습관적으로 창으로 다가가는 남편에게 나는 말했다.

안개는 이제 유리창에 머리를 부딪히지 않고 몸을 분산시킬 필요 없이 활짝 열린 창으로 편히 들어온다. 의뭉스럽고 위험한 존재로만 대우를 받던 그들이 무죄의 자유를 획득하자 원래의 조심스럽고 수줍음이 많은 성격으로 돌아왔다. 와플에 초콜릿을 바르는 남편을 슬쩍 보고 내게 온다. 그리고 내 손에 들린 와플 위로 슬쩍 내려앉는다. 와플 한 입을 목으로 넘기자 염소아저씨 가게에 있던 작은 화덕이 떠올랐다. 작은 이글루 같은 그 둥그런 공간은 겉도, 속도 늘 깨끗하게 닦여 있었다. 피자를 팔지도 않는데 왜 화덕이 있을까 했었던 의문의 답은 일을 하며 자연스레 알게 되었다. 화덕 옆에 있는 작은 탁자 위에 놓인 사진 속에는 어여쁜 젊은 여자가 머리를 단정히 묶고 화덕 속에서 피자를 꺼내고 있었다. 앞치마 속으로 살짝 부풀어 오른 배가 보인다. 엄마의 양수 속에서 헤엄치며 찬영이는 이미 피자 냄새에 익숙해 있었을 것이다. 남편은 와플을 굽고 아내는 피자를 구워 낸다. 그리고 한가한 시간에는 같이 더치커피가 떨어지는 모습을 바라본다. 때로는 손님이 들어와도 모르고 더치 방울만을 바라보고 있는 아저씨가 피곤해서 그런가 보다 했지만 그것이 염소 아저씨의 진짜 시간이었다. 더치 방울이 떨어지는 유리관이 아저씨의 오르골이었다. 그때 나는 몰랐다.

누군가가 내게 말했다.

자, 이제 에필로그의 시간이 된 것 같군요. 죽음을 이해하지 못한다면 우리는 도대체 무슨 수로 생을 이해할 수 있을까요. 부재가 없다면 존재라는 개념이 있을까요. 한 발은 생에, 한 발은 죽음에 디디고 위태롭게 서 있는 당신에게, 아니 우리 모두에게 고합니다. 이 둘이 하나임을 이해하는 일에 온 생을 다하기를. 나는 당신에게 건투를 빕니다.

나는 그 말에 심적으로는 동의한다. 들었고, 보았고, 무너졌다. 넘어졌고 일어서려 하지 않았고 그러다 오랜 시간이 지난 후 사랑을 배웠고 지키고 싶었고 지키지 못했고 누군가에게 잊혀졌고 나를 버렸고 누군가를 잊었었다. 여러 가지 다른 이유로 주저앉았고 내 의지는 반 이상은 나쁜 곳에 사용되었다. 그리고 나는 나를 놓는 결말을 택했다. 절절하다면 절절하고 애처롭다면 애처롭고 어리석다면 어리석은 나는 그 말의 표면만은 너무나 이해한다. 하지만 건투라는 말은 너무 낯설다. 그건 단순하지 않다. 건투란 어마어마한 것을 풍족히 품고 미래로 이어지는 단어이다. 잡고 있던 문고리를 돌리지 못하게 만든 건 나 자신이었다. 한동네에 너무 오래 살다 보면 그곳이 어느새 떠날 수 없는 고향이 되듯이 나는 어둠을 내 거처로 삼았다. 그 이유는 하나였다. 엄마는 어둠이 아니었지만 나는 두려웠다. 내가 문고리를 돌리고 나가 새로운 빛에 혹시라도 마음을 뺏기면 엄마를 잊어버릴 것만 같았다.

나는 건투라는 단어를 손에 받고 나와 약을 기다렸다. 그러자 눈가의 주름이 고운 중년의 간호사가 웃으며 말했다. 이제 처방된 약은 없어요. 내 병명은 감기가 아니니 그것이 완치인지 아니면 영원한 포기인지 나는 알 수 없다.

집으로 돌아와 가만히 발음해 본다.

건투. 건투. 건투.

건투라는 말은 열 번을 넘기고 스무 번이 되어도 희미해지지 않는다. 몽롱해질 거라는 예상과 달리 더 뚜렷해진다. 나는 믿지 못하고 다시 한 번 더 발음해 본다. 그것은 내 안에 있는 것이 아니다. 나는 다시 발음을 해 본다. 건투. 건투. 건투. 흐려지지 않는다. 그렇다면 내 속에 건투라는 것이 있는 건가. 나는 발음하기를 멈추고 지금 내가 생각해야 할 가장 중요한 것을 꺼내 놓았다.

골목 속에서 갑자기 툭, 튀어나와 누구를 놀라게 할 수는 없다. 숨바꼭질을 하던 중에 술래가 사라져 당황하다 결국 집으로 돌아간 이들에게 뒤늦게 나는 아직도 그 거리에 있다고 새벽의 창을 두드릴 수는 없다. 술래가 억지로라도 시간을 과거로 돌리고 싶은 건 어쩔 수 없는 아쉬움이지만 그보다 더 무거운 건 두려움이다. 오늘 해명하지 않으면 영원히 오해가 되고 말 거라 믿는 소심하고 고지식한 술래는 굳게 닫힌 철벽의 문 앞에서 결국은 비참해져 생각한다. 어쩌면 그들이 필요로 했던 건 술래였던 내 역할이지 사라진 나의 뒤늦은 해명이 아니라는 것을. 간신히 미로 속을 헤매고 출구를 찾아 나왔어도, 피곤이 덕지덕지 묻은 얼굴을 가리고 싶어도, 술래의 손 안에는 이제야 손을 대기 전과 같은 상태로 모든 색깔이 완벽하게 맞춰진 퍼즐이 완성돼 있었지만 그것만으로는 미래로 가지 못한다. 그동안의 너무나도 많은 꿈과 몽상과 상상과 예측은 내게 무엇도 쉽지 않게 만들었다. 내 신장이 하나여도 살아갈 수 있듯이 제거된 내가 없어도 그들은 살아가고 있는데 사라졌던 술래가 다시 숨바꼭질을 하자고 하면 아무렇지 않게 길거리로 나올 수 있을까.

유리야, 문 좀 열어 봐. 아, 힘들어. 무거워. 빨리!

문을 열자 바우가 먼저 달려들어 오고 민주의 두 팔에는 작은 종이 박스 하나가 들려 있다. 한숨과 함께 박스를 내려놓고 민주는 냉장고를 열어 차가운 물을 벌컥거리며 마셨다.

얼음 없어?

없는데.

여름인데 왜 얼음이 없어?

다 먹어 버렸어. 다시 얼리는 중이야.

여름이다. 바우는 방마다 고개를 들이밀며 남편을 찾는 눈치였다. 나는 남편에게 문자를 보냈다. 대장님 오심. 남편은 또 다른 연인을 더 사랑하는 것을 들키고도 뻔뻔한 남자처럼 바람을 휘날리며 퇴근해 집으로 돌아왔다. 그리고 이제는 대놓고 세 집 살림을 차린 남자처럼 바둑이를 옆에 끼고 민주와 마주 앉아 맥주를 마시기 시작했다.

유리야, 뭐 해. 이리 와서 같이 마셔.

어, 금방 가.

나는 작은 창고 방으로 들어와 종이 박스를 열었다. 그 안에 무엇이 있는지 알면서도 이사를 하고 처음 창으로 다가갈 때처럼 심장이 마구 뛰었다. 내 앞에 있는 것은 판도라의 호기심을 시험하는 상자가 아니다. 그저 약하고 어리석고 불행한 자가 끝까지 버리지 못한, 책임만을 버린, 희망과는 먼, 하지만 주인 없이 살아남았던 물건들이 갇힌 상자.

열린 방문 틈 사이로 어느새 바우가 얼굴을 슬쩍 디밀었다.

이리 와, 바우야.

바우는 바닥에 놓인 물건들의 냄새를 맡기 시작하더니 돌잡이를 하듯이 그중에서 잽싸게 온도계의 가죽 지갑을 입에 물었다. 가죽 지갑은 원래 바우의 것이다. 봄이가 영국으로 가져가지 않은 옷들, 봄이의 그림과 사진. 첫 장만 없어진 누런 한 권의 책, 나와 엄마의 책. 그리고 내 열 살의 발에 맞던 큐빅이 달린 샌들. 그리고 민영재, 라고 적힌 명함 한 장.

대장님! 바우야!

남편이 부르는 소리에 바우는 입에 가죽 지갑을 문 채 쏜살같이 방을 나가 버렸다. 박스는 가벼웠다. 이 무겁지도 않은 박스를 들고 오며 민주는 왜 그리 헐떡였을까. 나는 그동안 민주에게 얼마나 무거운 짐을 맡겼던 걸까.

거실에서는 남편과 민주가 원 샷, 을 외치며 유리잔이 청량하게 부딪치는 소리가 들렸다. 나는 봄이의 옷에 코를 대고 봄이 냄새를 빨아들인다. 봄이의 냄새는 신기하게도 사라지지 않고 남아 있었다. 그 냄새를 굶주린 흡혈귀처럼 흡수하면서도 나는 부족하고 또 부족하다. 나는 그것들을 다시 박스 안에 넣고 거실로 나가 그들의 원 샷에 합류했다. 내게 새로 따라 준 맥주에서 부지런히 올라오는 기포가 싱그럽게 위로, 또 위로 올라간다. 나는 유리잔 속의 맥주를 한 모금 마시고 그사이에 벌써 얼굴이 벌게진 민주를 본다. 나는 살아남았다. 입이 근질거려 참지 못하고 결국은 내뱉고야 마는 세상의 사람들 속에서 이들이 지켜 냈던 침묵의 힘으로. 낡은 바이올린을 끼고 속삭이던 염소의 은밀한 말에, 사람의 손길이 오래 닿지 않아 풀려 버린 근육을 가진 피아노를 포기하지 않고 어떻게든 살려 보려는 조율사의 땀방울이 가진 믿음에, 누구보다 민주와 남동생이 흘렸을 충격과 배반과 슬픔의 물방울들을 목으로 넘긴다. 그리고 기억과 목숨을 맞바꾸고 살아난 나를 보고도 원망조차 표현할 수 없어 내 시간에 같이 발을 멈춰 주었던 그 징그러운 근성에 나는 고개를 들 수가 없어 또 유리잔으로 손을 내민다.

남편과 민주는 술이 오르자 이제 폭탄주로 갈아탔다. 죽이 척척 맞는다.

야, 너도 한잔 마셔.

야, 나는 신장이 하나라 폭탄주는 힘들어.

내 말에 남편과 민주는 동시에 그게 뭐, 하며 내게 방금 제조된 폭탄주가 담긴 잔을 내민다. 나는 여러 번 폭탄주를 삼켰지만 취하지 않는다.

이거, 그냥 전해 주면 돼.

남동생은 통장을 받고 어리둥절해했다. 수술과 입원과 무기력과 이사와 결혼으로 숫자는 훌쩍 내려가 있었지만 나는 처음 통장에 찍혔던 숫자와 일 원의 오차도 없는 숫자를 만들어 냈다. 민주가 돈을 빌려주었다. 하지만 나중에 알게 되었다. 남편은 돈을 떠나 그 일이 내게 얼마나 중요한 일인지 민주를 통해 알고 몰래 또다시 나를 업어 주었다는 것을. 내 남은 생은 그 값을 갚기 위해 움직일 것이다. 내 힘은 아니었지만 나는 이제야 내 이름값을 지불했다. 이제 나는 어디에나 있는 평범한 유리들 중 하나다. 나는 특별한 유리, 가 아니다.

남동생은 아무것도 묻지 않았다. 그 수많았던 메모를, 별로 즐겁지 않은 내용의 전보를, 눈동자의 수화를 전하던 무수한 날들에 한 번도 불평하지 않고 성실했던 나의 소중하고 가여운 유일한 핏줄. 멋지고 깊은 놈이다.


가을바람이 분다. 봄이와 만나기로 한 중고 서점에 조금 일찍 도착했다.

나는 카를로스 루이스 사폰의 소설 속에 나온 깊은 지하 속, 비밀의 도서관을 떠올렸다. 소설 속에서는 그저 큰 도서관이라고 말하기에도 적합하지 않은 거대한 책들의 비밀 창고가 나온다. 새벽에 가만히 자신을 깨운 아버지를 따라 어린 아들이 들어간 그곳은 도시 속에 숨겨진 신비스러운 책들의 미로였다. 세상에서 숨고 싶거나 버려졌거나 단 한 권만이 남았거나 특별한 사연을 가졌거나 누구에게도 선택받지 못한 책들의 살아 있는 무덤이자 저장고였다. 이곳이 존재하는 것을 아는 이들은 몇뿐이고 한 사람이 단 한 사람만을 데리고 들어갈 수 있으며 이곳에 대해 발설해서도 안 된다. 선택된 자들에게만 열리는 공간에 발을 들인 아들은 이곳에서 단 한 권의 책만을 들고 나갈 수 있다는 불변의 법칙을 듣고 처음엔 당황하지만 결국은 한 권의 책을 골라낸다. 아니, 아들이 들고 나온 책은 아들에게 선택당한 것이 아니라 어린 아들을 선택했다. 《바람의 그림자》. 그리고 그 하나의 책으로 많은 일들이 벌어지게 된다. 그는 하룻밤 만에 그 책을 다 읽어 버리고 어떻게 알았는지 그에게 엄청난 책값을 부르는 어른들에게도 그 책을 넘기지 않는다. 그곳을 지키는 늙고 깐깐한 문지기는 여기엔 없지만 지하의 중고 서점은 어쩐지 그곳과 닮아 있는 것 같았다. 나는 혼자 주문을 건다. 나는 오늘 여기서 단 한 권의 책만을 선택할 수 있다. 그리고 내가 아니라 책이 나를 찾아낸다. 이십 분이 넘게 책 속을 산책해도 내 눈에 들어오는 책은 없었다. 역시 내게 주문 따위는, 하는 순간 한 권의 책이 내 눈에 들어왔다. 같은 제목을 가진 두 권의 책이 나란히 책장에 꽂혀 있었다. 두 권의 책 중에 하나를 집어 153쪽을 폈다. 아무런 밑줄 없이 깨끗하기만 하다. 나는 그 책을 다시 제자리에 돌려놓았다. 남은 한 권의 책에 손을 내밀었다. 그리고 똑같이 153쪽으로 간다. 엷은 푸른색의 밑줄이 문장을 받치고 있다. 최고의 예술은 과거를 내려놓는 것. 내가 4,400원에 팔았던 에크하르트 톨레의 《NOW》. 내가 버렸던 나의 책. 나만이 알아볼 수 있는 책. 나보다 행복한 주인을 만나 다시 사랑받기를 바랐던 책. 새 주인을 찾지 못하고 스쳐 지나가는 손길만을 느꼈을 내 과거의 조각 하나가 생존해 있었다. 나는 떨리는 손으로 다음 페이지를 넘겨 본다.


**이 행성의 가해자는 오직 하나다.**
**바로 인간 에고의 기능장애이다.**
**이 깨달음이 진정한 용서이다.**
**그 용서와 함께 당신은 피해자라는 모습을 벗어던지게 되며, 그때 당신이 가진 진정한 힘이 솟아난다.**
**현존의 힘은 그것이다.**
**그때 과거에 일어난 어떤 일도 당신이 지금 이 순간에 존재하는 것을 가로막을 수 없다.**

나는 도무지 믿기지가 않아 여러 번 책을 덮고 다시 153쪽과 154쪽을 오갔다. 분명 내 책이었다. 내 옆에는 아무도 없는데 누군가에게 이 책을 빼앗길까 품에 꼭 안았다. 책의 뒷면에 적혀 있는 7,100원은 아무런 숫자도 아니었다. 이십만 원이라고 해도 나는 이 책을 산다.

유리 언니.

열 살에 혼자 들어갔지만 한 그루도 베어 내지 못했던 나무들이 빼곡했던 숲속으로 누군가가 나를 찾아와 내 이름을 부른다. 소피아처럼 점프를 할 수 있는 빨간 마법의 구두를 빌려줄 틸리 고모도 없는 작은 아이가 이 높고 울창하고 복잡한 나무들 사이에서 나를 찾아냈다. 내내 혼자 있었던 그 숲에서 나와 같이 부재의 나무들을 베어 낼지, 같이 나무둥치에 기대서 있어 줄지, 이 산에 같이 불을 지를지, 아니면 이 숲에서 나를 끌어내 어디론가 데려가 줄지. 열 살의 나는 고개를 돌리기 전에 얼굴의 근육을 풀고 터져 나오는 눈물을 참으며 며칠 동안 거울을 보며 연습했던 얼굴을 만들어 낸다. 시간이 묻어 있지 않은, 시간 따위는 아무것도 아닌, 시간에 더 이상 위협받지 않는 미온의 표정으로.

노란 원피스 끝자락이 먼저 눈으로 들어온다.

봄이야, 왔어?

응, 유리 언니는 언제 왔어? 많이 기다렸어?

아니, 조금 전에 왔어. 언닌 한 권 골랐어. 이제 봄이 책 구경할까?

그럼 오늘은 언니가 직접 골라 줘.

나와 봄이는 손을 잡고 동화책의 골목으로 들어섰다. 십 분 정도가 지나자 내 눈에 한 권의 책이 들어왔다. '도서관'이란 제목을 가진 책을 꺼냈다. 데이비드 스몰 그림. 사라 스튜어트 글. 책은 표지부터 나를 사로잡았다. 두꺼운 안경을 쓴 여자가 길을 걸으면서도 한 손에 들고 있는 책에 얼굴을 파묻고 있었다. 나머지 한 손에는 책이 가득 담긴 카트를 끌면서도 떨어지는 책들도 인식하지 못하는 일러스트가 그려져 있었다. 나는 몇 장을 더 넘겼다. 책을 너무나 좋아하는 주인공 엘리자베스 브라운이 공원 벤치에서, 비 오는 날 우산 속에서도, 창가에 기대어, 물구나무를 서서도 책을 읽는 모습에 눈길을 뗄 수가 없다.

봄이야, 언니는 이 책이 좋은데. 어때?

봄이는 내가 건넨 책의 표지를 보자마자 고개를 힘차게 끄덕였다.

나는 두 권의 책을 들고 책을 팔던 계산대가 아닌 책을 사기 위한 계산대로 가서 내 책의 7,100원과 봄이 책의 4,400원을 지불했다. 지금 다시 찾은 내 책을 버린 값이 봄이 품으로 들어가기 위한 똑같은 숫자인 4,400이란 사실에 잠시 기분이 묘해졌다. 계산대 옆으로는 책을 읽거나 쉴 수 있는 공간이 그사이에 새로 마련되어 있었다. 대부분이 혼자인 사람들은 모두 손에 책을 들고 읽고 있었다. 아무도 쓸쓸해 보이지 않는다. 몰입은 고독에 대한 방어가 아니라 고독이 가진 즐거운 모습이다. 고독은 혼자여서가 아니라 혼자 있는 방법을 모르는 인간들의 참을성 없는 진동일 뿐이다. 계산이 끝난 두 권의 책을 들고 봄이를 찾자 어느새 그 쉼터의 맨 위에 앉아 손을 흔든다. 무의식적으로 계단의 숫자를 세며 오르자 12, 라는 숫자가 생겨났다. 열두 개의 계단, 동물원에 있던 열두 마리의 염소들, 각자의 정의를 구현하고 싶은 열두 명의 배심원, 예수님의 열두 제자.

《도서관》을 건네받은 봄이는 바로 '도서관' 속으로 들어갔지만 나는 봄이와 달리 첫 장도 펴지 못했다. 울렁거리는 가슴이 조금 진정되자 봄이를 짝사랑하는 남자처럼 힐끔거렸다. 봄이는 그런 나를 보지 않고도 자신의 책을 가운데로 옮기고 첫 장을 다시 펼쳤다. 우리는 같이 열 살이 되어 책을 끝까지 읽었다. 이 빳빳하고 새것과 다름없는 책이 언젠가 누렇게 되면 나는 조금 더 강해질까.

언니, 엔 오 더블유가 무슨 뜻이야?

봄이는 《도서관》을 덮고 내가 들고 있는 책의 제목을 읽으며 묻는다.

나우. 현재, 라는 말이야. 지금 이 순간.

이 계단에 앉아 있는 우리처럼?

응, 맞아. 이 계단의 지금 우리.

언니, 나 이 책이 너무 좋아.

정말?

응. 나도 이제 엘리자베스처럼 책을 많이 읽고 마구 쌓아 놓을 거야. 그리고 나중에 마을에 책을 기증할 거야.

봄이는 나중에 정말 멋진 할머니가 되겠네. 언니도 그러고 싶은데.

그 말을 하며 재활용도 할 수 없게 잘게 썰려 버린 수많은 책들에, 그 몸에서 날리던 자잘하고 하얀 분말들에, 고된 노동을 다하고도 아무렇게나 버려진 가위에 진심으로 가책을 느꼈다.

책을 다 읽고도 우리는 십 분 정도를 더 계단에 앉아 손을 잡고 있었다.

언니는 오늘도 손이 차네.

그러면서도 늘 그랬듯이 차가운 내 손을 놓지 않는다.

유리 언니, 난 영국이 아주 싫었어.

가슴이 얼음처럼 차가워진다.

싫은 걸 싫다고 말하는 건 용기 있는 일이야.

진짜?

그럼, 앞으로도 싫은 건 싫다고 확실히 말하면 돼.

참, 유리 언니, 폴란드 여행은 좋았어?

폴란드?

봄이에게는 내가 멀리 여행을 갔다고 말해 두었다는 민주의 말이 떠올랐다.

아, 좋았어. 빨리 돌아오지 못해서 미안해.

괜찮아. 근데 진짜로 너무 보고 싶었어.

봄이야, 언니가 너무 긴 여행을 했어.

그러자 봄이는 말했다.

나, 유리 언니랑 또 창을 닦고 싶어.

그러자. 그게 뭐 힘든 일이라고. 언니도 봄이랑 창을 닦는 게 제일 좋아.

밖으로 나오자 저 멀리서 염소아저씨와 찬영이의 모습이 보였다.

어느새 내 손을 놓고 한 권의 책을 든 봄이가 뛰어간다. 키가 많이 자랐구나. 헐렁했던 노란 원피스가 이제 몸에 딱 맞는구나. 찬영이처럼 활발하게 달리는구나. 나이에 맞지 않게 어른의 것 처럼 붙어 있던 뒷모습의 쓸쓸하던 느낌이 사라졌구나. 이제야 정말 예쁘고 똑똑하고 천진스런 열 살이구나.

나는 서두르지 않는다. 조금씩 더 가까워지는 한 존재에게 천천히 걸어간다. 내가 숨어 버린 시간에 대한 미안함과 잊었던 시간에 대한 회개로 다리에 힘이 들어가지 않는다. 나는 일부러 땅바닥 위에 그어진 선만을 골라 밟으며 다가갔다. 생과 죽음, 존재와 부재, 기억과 망각, 떠남과 남음, 상처와 치유. 그리고 버림받음과 사랑받음의 경계선에 힘을 주어 발로 꾹 밟으며.

어이, 유리 씨. 여행에서 돌아온 걸 축하해.

염소아저씨는 몸이 조금 더 마른 것 같았지만 눈빛만은 더 깊어져 있었다.

아저씨, 죄송해요.

내가 할 말은 그것밖에 없었다.

여행은 힘했지만 돌아왔으면 된 거야. 시차 적응을 좀 하면 잔소리가 기다리고 있을 테니 각오해.

내가 만든 커피 맛은 잊지 않았겠지?

당연하죠. 조만간 커피 마시러 갈게요.

내 말이 끝나자 찬영이는 내 귓속에 대고 말했다.

유리 누나, 우리 아빠는 잔소리가 많아. 근데 이번엔 누나가 잘못했어. 근데 힘내. 난 여자 편이니까. 알지?

이제 다시 To be continued, 이다.

장마가 시작되었다. 비는 며칠째 시원하게 쏟아지고 있다. 창을 열고 손을 내밀어 본다. 손바닥에 닿는 묵직한 빗방울의 그 탄력을 오랫동안 느껴 본다. 나는 창을 닫고 물리학 책에 점점이 뿌려진 빗방울을 그대로 두고 미역냉국의 간을 본다. 이틀 정도가 지나면 제대로 맛이 들 것이다. 나는 다시 책상에 앉아 펜을 들었다. 한 줄을 따라 쓰고 한 번은 창을 바라본다. 그 두껍던 물리학 책도 이제 거의 끝을 향해 간다.

영재는 다리를 조금 절뚝거리며 웃으며 내 앞으로 왔다.

유리 씨.

목발이 없다. 그것만으로도 나는 눈물이 날 것 같았다. 그의 얼굴은 거의, 가 아니라 완벽해졌다. 원래대로.

영재 씨.

우리는 별다른 말이 필요 없었다. 그저 한잔의 커피를 같이 하는 것으로 충분했다.

어떻게 지냈어요?

나는 정말이지 궁금했다.

영재는 슬쩍 웃으며 말했다.

형이 돌아왔어요. 얼마 전에.

수없이 불러 댔고, 잃었고, 매형으로 바뀌고, 봄이 아빠라고 또 바뀌었던, 다시는 형이라고 부를 수 없다는 것에 아파했었던 잃어버린 발음이었던 형. 그가 말하는 형, 은 최고의 멋진 안부였다.

우리, 맥주 한잔 할래요?

내 말에 영재는 바로 손을 들고 맥주 두 병을 주문했다.

염소아저씨 가게에서 따로 술을 마시던 날이 떠올랐지만 이젠 그곳에서 만나지 않을 것이다.

집을 짓는 건 어떤 느낌이에요?

내 말에 영재는 바로 대답했다.

꿈을 현실로 보여 주는 고단한 중간 계투죠. 그리고 늘 어쩔 수 없이 머리를 가만두지 않게 돼서 좋아요. 제게는 어쨌든.

좋은 일이에요. 누군가의 소망을 눈앞에 보여 주는 거잖아요.

우리는 이른 밤의 거리를 조금 걷다가 헤어졌다.

영재는 헤어지기 전, 내게 말했다.

그날, 유리 씨가 날 따라왔었던 거 알고 있었어요. 그게 계속 마음에 걸렸어요. 나 때문에 사고를 당한 것 같아서…….

나는 최대한 씩씩하게 대답했다.

제가 좀 순발력이 모자라요. 원래.

그러자 그는 소년처럼 웃었다. 그 얼굴이 봄이와 똑같다.

봄이는 거의 수족관 속으로 들어갈 기세였다. 수족관의 유리 위에는 봄이의 입술 자국이 났다 사라지기를 반복한다. 봄이는 자신이 고른 물고기 한 마리가 옮겨 다니는 모습을 놓치지 않기 위해 내게 도움을 청했다. 언니, 내 물고기는 엄청 빨라. 아, 또 없어졌어. 어디 간 거야. 앗, 저기 있다. 입에서 거품을 뿜는다. 아하하. 어어, 저 못생긴 물고기가 내 물고기를 살짝 밀쳤어. 노란색과 분홍색이 섞인 봄이의 물고기는 봄이와 딱 닮았다.

나는 봄이와 동물원으로 가며 물어보았다.

봄이가 가장 좋아하는 동물은 뭐야?

나? 바우.

내가 풋, 하고 웃자 봄이는 큰 소리로 깔깔거리며 웃는다.

바우는 우리 가족이니까 빼고.

음. 강아지가 제일 좋긴 한데 토끼도 좋고 아까 그 물고기도 예뻐.

동물원 입구에서 나는 고백했다.

여기에 언니의 소중한 친구가 있어.

진짜야? 누군데?

음악을 하는 친구. 근데 사람은 아니야.

와아, 정말? 신기하다. 잠시만 생각해 볼게.

조금 후, 봄이는 눈빛을 반짝이며 말했다.

피아노를 치는 곰인가.

땡!

음…… 그럼 사자가 기타를 치나?

땡!

에이, 얼른 말해 줘. 궁금하단 말이야.

바이올린을 켜는 염소.

얼른 가 보자, 유리 언니.

염소 우리 앞은 오늘도 한산했다. 이번에는 나 대신에 봄이가 소리를 내어 염소의 숫자를 세기 시작했다. 봄이의 입술은 열하나에서 다물어졌다. 한참을 기다려도 바이올린 염소는 나타나지 않았다. 오래된 바이올린을 조율하러 잠시 외출했나. 동굴 속에 틀어박혀 작곡을 하고 있는 건가. 밤을 새워 연주를 하고 피곤해 잠들어 있는 걸까.

내 심란한 마음과 달리 봄이는 의연하게 말했다.

유리 언니, 언니 친구는 여행을 간 건지도 몰라. 언니처럼.

강하다. 쉽게 실망하지 않는다. 이제 일곱 살은 아니지만 막 열 살이 된 아이가 나를 때린다. 예전에 찬영이와 봄이가 보고 있던 애니메이션이 생각났다. 아이들이 틀고 보는 프로그램의 제목을 보고 이게 진짜 제목 맞아? 내가 묻자 응, 하고 둘은 아무렇지 않게 말했었다. 이게 무슨 뜻인지 알아? 내가 다시 묻자

213

귀찮은 듯 둘은 몰라, 하면서 TV에서 눈을 떼지 않았다. 그 애니메이션은 〈놓지 마, 정신줄〉이었다. 나는 둘 곁에 앉아 끝까지 한 편을 다 보았다. 평소에는 하지 않은 행동이나 말을 엉뚱한 곳에 발휘하느라 정작 중요한 일은 잊어버리고 마는 것에 대한, 정신을 차리고 살아가라는 내용의 교훈과 재미를 같이 갖고 있는 이야기였다.

봄이의 긍정은 내게 놓지 마 정신 줄! 로 들렸다.

동물원을 나서자 남편의 차가 보이고 바둑이가 창문으로 얼굴을 내밀며 짖어 댔다. 봄이는 바우를 보자 뛰기 시작했고 나는 동물원 입구를 다시 한 번 뒤돌아보았다.

며칠 후, 주문했던 브람스의 음반이 도착했다는 연락을 받았다. 나는 재빨리 음반을 받아들고 입구에서 기다리던 봄이와 바우에게로 갔다. 그리고 택시를 타고 염소아저씨 가게로 향했다. 거의 다 도착할 때쯤 얌전하던 바우가 갑자기 창밖을 보고 마구 짖어 대기 시작했다. 차는 상인의 골목을 지나가고 있던 참이었다.

기사님, 죄송한데 여기서 내릴게요.

택시에서 내려 몇 걸음을 옮기기도 전에 나는 바우가 왜 그렇게 소리를 높여 말을 했는지 알게 되었다. 바우의 끈이 늘어나고 덩달아 봄이의 발걸음이 빨라지자 내 심장도 속도를 높였다. 거짓말처럼 내 앞에는 'Past is not past' 가게가 있었다. 시간을 가늠할 수가 없다. 믿을 수가 없다. 파스타를 먹고 있던 사람들은 어디론가 사라지고 원래의 붉은 가게로 돌아와 있었다. 고약한 마법처럼 사라졌던 가게가 믿지 못할 기적으로 내 눈 앞에 있었다. 멍하니 서 있는 내 귓속으로 파고드는 풍경 소리에 정신을 차리자 이미 가게 안으로 들어간 봄이와 바우가 보였다. 나는 고개를 들어 물고기 풍경을 보았다. 세 마리의 은빛 물고기 대신에 이제는 하나의 줄에 숫자가 늘어난 여섯 개의 물고기들이 달려 있다.

주인은 여전히 무뚝뚝한 얼굴로 인사도 없이 처음 이 가게에 왔을 때처럼 얼마든지 마음껏 구경하라는 눈짓을 보내고 의자에 앉아 있었다. 나는 건성으로 물건들을 구경하기 시작했지만 아무것도 눈에 들어오지 않았다.

안 돼, 바우야.

봄이의 목소리와 동시에 자랑스러운 표정의 바우 얼굴이 보인다. 이번에 바우가 선택한 것은 둥그런 가죽 지갑이었다. 내가 바우의 곁으로 가 손을 내밀자 바우는 내 손바닥 위에 순순히 침이 묻은 가죽 지갑을 놓았다. 가죽 지갑 속에는 구릿빛의 나침반이 들어 있었다. 나는 가게 주인의 말을 기다렸다.

개가 들어오는 건 괜찮지만 물건에 침을 묻히면 안 되지요. 그 나침반은……. 하지만 그는 아무 말도 하지 않았다. 나침반을 내게 준 바우는 슬쩍 상인 옆으로 다가가가더니 그 옆, 바닥에 앉았다.

유리 언니, 이것 좀 봐.

봄이는 작은 보석함을 들고 내게로 왔다.

투명한 유리로 된 보석함 안에는 부드러운 보라색 벨벳 천이 깔려 있었고 유리로 된 뚜껑 위에는 빨간색의 꽃잎 하나가 그려져 있었다.

아, 예쁘다.

언니, 이거 내가 사 줄게.

어?

삼촌이 용돈 줬어. 언니한테 뭐 사 주라고. 그리고 언니 이름처럼 유리잖아. 어때, 언니?

어어, 마음에 들어.

나는 봄이가 작은 가방에서 작은 지갑을 꺼내 그 속에서 꼬깃거리는 지폐를 꺼내는 모습을 말리지도 못하고 멍하니 보았다. 슬쩍 본 유리 보석함 바닥에는 27,000원이라는 가격표가 붙어 있었다.

이거 얼마예요?

5,000원이에요. 꼬마 아가씨.

이제 꼬마 아닌데. 그리고 우리 강아지는 바둑이가 아니라 이름이 바우예요.

봄이의 말에 그는 어설픈 상인처럼 말을 했다.

실례, 숙녀 아가씨. 그리고 바우.

가게 주인은 유리함을 여러 겹으로 깨지지 않게 포장해 주었다. 나는 나침반을 내밀며 그가 덜 받은 유리 보석함의 값을 슬쩍 앞에 놓았지만 고스란히 돌려주었다. 나와 가게 주인은 아주 잠시 눈빛을 마주쳤다. 하나도 즐겁지 않던 농담처럼 사라져 버린 그 붉은 가게 앞에 섰을 때처럼. 내 이름의 과거를 듣고도 좋은 이름이라고 계시처럼 처음으로 말해 주었던 그는 어쩌면 내게 했던 말 때문에 다시 신에게 경고를 받고 이 지상에서 소환된 것은 아닐까. 기어코 내 앞에 어렵게 초록색 온도계를 구해 주면서도 어떤 인사도 바라지 않았던 그 묵묵함과 쌀쌀맞은 말투는 신에 대한 반항이 아니라 신을 속이기 위해 얼굴을 검게 칠한 실은 선의의 흰 가면이 아니었을까. 그가 내민 세 마리의 물고기 때문에 전능한 신에게 이제 지상에서 아웃, 당할 것을 예상했던 그의 마지막 인사가 아니었을까. 나는 1초의 시간 동안 눈동자로 할 수 있는 최대한의 감사를 최대한 강력하게 전했다. 그리고 가게를 나오기 전에 그가 바우의 등을 한번 쓱 쓸어 주는 몸짓을 나는 모른 척했다. 혹시라도 그가 나 때문에 다시 지상에서 사라지는 일이 있어서는 안 된다.

염소 집 가게에 들어서자 찬영이가 심술이 잔뜩 난 얼굴로 달려 나왔다.

뭐야, 삼십 분이나 늦었잖아. 쳇.

그저께도 학교에서 봤잖아. 넌 도무지 기다릴 줄을 몰라.

아저씨는 뜨거운 아메리카노와 오렌지 주스 두 잔을 가져다주었다. 그리고 잠시 후에 화덕에서 방금 구워 낸 따끈한 피자를 꺼내 왔다.

무조건 다 먹어. 너무 말랐어.

아저씨도 같이 먹어요.

그러자 찬영이가 말했다.

유리 누나, 몰랐어? 우리 아빠는 피자를 싫어해. 먹으면 배가 아프대.

그리움의 알레르기. 멀쩡하던 피부에 어느 날 갑자기 생긴 성인의 지독한 아토피. 자신도 모르게 바뀐 체질. 목으로 삼켜지지 않는 세상의 덩어리. 마지막 공연이라는 포스터 한 장 없이 막을 내린 연극. 어떤 비싼 값이라도 치르겠다고 해도 꿈쩍 않는 상인. 남의 물건을 훔치고도 양심 하나 없는 도둑의 웃음. 도대체 무엇을 잘못했는지 알려 주지도 않으면서 반성문을 쓰라고 내미는 하얀 백지. 숨과 한숨을 구분할 수 없고 낮과 밤이 유착되고 뇌와 영혼의 혈관이 마구 섞이고 토네이도가 지나간 폐허 위에서 무엇부터 시작할지 몰라 발아래 있는 잘려진 나무 조각을 망연자실 바라보는 넋 나간 희생자. 어제와 오늘의 거리가 너무 멀어 가늠할 수조차 없어진 인간에게 또 내려졌던 뺄셈.

피자에는 신선한 바질 잎이 얹어져 있다. 아저씨는 아이들이 먹기 편하게 피자를 잘게 열두 조각으로 나눠 놓았다. 마치 피자 시계 같다. 고르곤촐라 치즈가 가득 녹아 있는 피자를 한입 크게 베어 물었다. 두 개의 조각을 삼키자 내 위는 만족했지만 나는 다시 한 조각을 집어 든다. 우리는 시간을 삼킨다. 찬영이는 세 시와 네 시를 먹어치우고 일곱 시를 삼킨 뒤 여덟 시를 손에 들었고 봄이는 오전 두 시와 오후 다섯 시를 책임진다. 나는 나머지 시간들 중에 자정을 입에 넣었다. 이제 피자는 세 조각이 남았다. 아이들은 손님이 없는 가게 안을 오가며 놀기 시작했다. 아저씨는 새 커피를 가져다주며 남은 세 조각의 피자를 바라본다.

많이 먹었네.

아저씨, 정말 맛있었어요. 남은 거 가져가고 싶은데.

그러자 아저씨는 세 조각의 피자를 깨지기 쉬운 도자기처럼 감싸 내게 건넸다. 나는 아저씨의 알레르기를 하나도 남김 없이

내 입으로 먹어치울 것이다. 무엇보다 염소아저씨가 보면 어쩔
수 없이 슬퍼지고 말 것이 분명한 남은 덩어리들을 그곳에 두고
올 순 없다.

물리학 책을 편다.

$$E=mc^2$$

아인슈타인의 법칙을 옮겨 적는다. 아인슈타인은 광선의 에
너지인 E는 선반의 질량 m으로부터 나오며 광속 c의 제곱이라
고 했다. 무슨 말인지 알 수가 없다. 아리스토텔레스부터 시작해
갈릴레이를 거쳐 뉴턴의 사과를 한입 베어 물고 아인슈타인에
이르렀다. 만유인력과 양자역학 이론과 수만 가지의 법칙들을
지나자 한 문장이 나타났다. 움직임이 빠를수록 시간의 흐름은
더뎌진다. 거기에는 이해를 돕기 위해 쌍둥이 중에 한 명을 로켓
에 태워 우주로 보내고 나머지 한 명은 지상에 남긴 후에 이들
이 다시 만났을 때, 로켓에 탔던 쪽이 더 젊다는 것을 알 수 있었
다는 예가 쓰여 있었다. 나는 그 말을 내면의 무중력에서는 시간
이 흐르지 않는다는 뜻으로 내 멋대로 해석했다. 그건 내가 굳이
로켓에 타 보지 않았어도 가진 경험이었다.

　드디어 물리학 책의 마지막 장을 덮자 나는 남편에게 처음으
로 ','를 보내고 외출을 했다. 서점에 들어서서 내 안에는 있지만

내 손에는 없는 책들을 보자 지독한 허기가 생겨났다. 나는 오랜 시간을 들여 열한 권의 책을 골라냈다. 그리고 마지막으로 20세기를 살아간 물리학자, 리처드 파인만의 책 중에 한 권을 골라 책들의 가장 높은 곳에 올려놓고 계산대로 걸어갔다. 나는 그에 대해 전혀 모른다. 이름을 들어 본 적도 없다. 내가 필사를 다 한 책에 그는 없었다.

– 그는 꾸밈없고 직선적인 미국인 특유의 분위기를 지닌 학자였다. 어렸을 때부터 단편적인 대답보다는 많은 질문을 통해 생각하는 힘을 기를 수 있도록 유도하는 좋은 선생님의 역할을 했던 아버지의 영향을 많이 받았다. 어린 시절 라디오를 수리하거나 금고와 자물쇠를 여는 일이 취미였으며 드러머, 화가로서의 재능뿐만 아니라 유머와 재치가 출중하였다. 대학에 입학하기도 전에 스스로 고안해 낸 수학기호들을 사용하기도 했다. 그의 직설적인 화법은 때때로 보수적인 사람들을 당황하게 했는데, 고양이의 신경계에 대한 발표를 준비하기 위해 도서관에서 "고양이의 지도가 있습니까?"라고 물었다. –

그건 책보다는 작가에 대한 소개였다. "고양이의 지도가 있습니까?"라는 그의 질문은 내 마음을 즉시 훔쳤다. 그 하나의 문장을 발음한 그를 소유하기 위해 나는 그의 여러 책 중에《남이야 뭐라 하건!》을 선택했다.

집으로 돌아와 거실 한쪽에 열두 권의 책을 쌓아 놓았다. 나는 결혼 후 처음으로 남편에게 저녁으로 라면을 끓여 주었다. 후식으로 마시고 싶다는 커피에는 다 떨어진 설탕 대신에 마누카 꿀 한 스푼을 넣어 주었다.

오늘, 당신 왠지 바람난 여자 같네.

왜, 라면 때문에?

아니, 사랑에 빠진 눈빛이잖아. 나는 못 속이지.

뭐야, 솔직히 말해 봐요.

처음으로 당신이 내게 ','를 보냈잖아.

응. 그게 왜.

이상하게 서운하더라고.

나는 당신의 ','를 의리로 느꼈는데. 쉼표는 쉼표일 뿐이에요.

그러자 남편은 거의 보지 못했던 어린아이 같은 얼굴로 말을 했다.

반은 농담, 반은 진심. 나란 인간도 복잡한 구석이 있네. 아무튼 그 쉼표는 이제 나만 사용하는 걸로.


남편과 같이 잠자리에 들었지만 계속 뒤척이다 결국은 깨어 거실로 나왔다. 뜨거운 원두커피를 내려 마시며 새로 생긴 연인 곁으로 갔다. 나는 책의 첫 장을 열어 하나의 문장을 다시 읽고 또 읽었다.

"고양이의 지도가 있습니까?"

세상에서 내가 들은 질문 중에 가장 아름답고 진심이 담긴, 그리고 현실적인 질문이었다.

내가 그 도서관의 사서라면 이렇게 대답할 것이다.

여기에는 없어요. 하지만 실망하지 마세요. 당신에게만 알려줄게요. 그 지도는 고양이 눈 속에 있어요. 중국 사람들은 고양이의 눈동자로 시간을 가늠한다는데 지금 내 눈동자는 고양이에요.

그럼 그는 뒤돌아서거나 내 눈동자를 들여다보거나 둘 중에 한 가지를 택할 것이다. 만약 그가 내 눈동자와 눈을 맞춘다면 나는 행복할 것이다.


창을 열자 새벽과 함께 다가오는 안개가 보인다.

어서 와.

나는 유리창을 더 활짝 열었다.

# 소망이 가진 성분

달콤한 커피를 대접했어야 하는데 쓰고 신맛의 커피를 건넸을지도 모를 저의 이야기에 근성을 다해 준 당신에게 감사를 전합니다.

우리 모두는 어쩌면 유리이고, 영재이고, 봄이고, 염소아저씨이고, 찬영이고, 민주이며 바우, 인지도 모르겠습니다.

이 지상에서 우리가 잡아야 할 것은 무엇일까요.

이 지상에서 우리가 버릴 수 있는 것이 도대체 무엇일까요.

그리고 과연 과거, 라는 이름으로 잊힐 수 있다는 것이 가능은 할까요.

모두가 아프지 말자, 라고 외치는 함성 속에서 저 혼자 아플 만큼 아파야 한다, 라고 일인 시위를 하는 것이라 해도 상관없다고 생각합니다. 그래야 일어서는 방법을 터득하리라는 걸 경험했고 믿고 있으니까요.

때론 행복하고 때론 아프고 때론 멍하고 때론 어리석고 또 그래도 누군가의 온기가 되기에 충분한 당신에게, 이 글을 다 읽어 준 당신에게, 이제는 빗방울에 손을 내밀듯이 은밀히 온기를 나누겠습니다. 당연하지만 결국 세상은 둥근 모양으로 만들어져 있다는 것을 다시 배웁니다.


Thanks.

가난하고 고집스럽지만 동시에 저를 숨 쉬게 해 주던 글이 세상에서 첫 호흡을 하게 해 주신 분들에게 감사를 전합니다. 원태연 작가님, 신민식 대표님, 그리고 제 글에 동의, 라는 따뜻한 힘을 실어 주신 출판사 한서연 대표님, 에디터 류미정 주간님, 글에 색감을 불어넣어 주신 디자이너 정계수 실장님, 고맙습니다. 미약한 저를 믿고 그저 응원해 주신 양재선 선생님, 심현보 선생님, 아티스트 김바다 님. 같은 길을 걷고 있는 이수연 님과 강채민 님에게 더없는 감사를 전합니다. 그리고 나의 돌이에게 사랑을 전합니다.


진주현 드림

천천히, 차근차근, 꼭 읽어 내고 싶은 소설을 만나다

— 양재선 (작사가)

진주현은 마음과 몸이 분리되지 않는 작가다.

척 보기만 해도 그녀는 촘촘하게 쌓아 놓은 벽 안에 있는 듯했다.

'내게 다가와도 되지만 날 알려고 하지 마세요.'라고 말하는 듯한 묘한 분위기가 있었다.

그녀의 글을 읽고 난 뒤에야 비로소 그 벽이 어떤 과정을 거쳐 어떤 질감으로 이루어져 있는지 알 것 같았다.

뜨거웠다 차가웠다, 를 수만 번 반복하며 켜켜이 쌓인 마음들.

그 마음이 섬세한 문장으로 정제되어 가슴에 차오른다.

책장을 넘기다가 덜컥 하고 멈춰 서서 문장을 한참 눈으로 어루만지고 곱씹어 삼키곤 했다.

빨리 읽어 버리기 싫은 소설이었다.

차가운 물은 몸이 뜨거울 때 마셔야 제맛이듯, 마음을 달궈 놓고 읽고 싶은 책이다.

작가가 마치 유리 공예가처럼 이 문장들을 늘이고 줄이고 구부려 모양을 만들며 공을 들여 다듬었을 그 시간들이 참 고맙게 느껴진다.

읽은 적 있는 시집을 곁에 두고 또 펼쳐 보듯, 난 이 소설의 접어놓은 책장을 펼쳐 두고두고 읽으며 위로받을 것 같다.

## 찬란한 사물들의 세계

- 이수연 (연극 연출가)

놀랍고, 만지고 싶다. 이 책의 문장들은 빼어난 색조를 지닌 뱀이 천천히 감아 도는 듯 유려하고 찬란하다. 그러나 조여 오고 자아내고 슬픔을 실어 나른다. 우리나라 작가 중에 이토록 풍요로운 단어를 구사하는 작가가 있었던가. 고통이 사물들을 돌아 나오며 드러나고, 그리움이 그 틈새 속으로 깊게 배어든다.

사물은 또 상징으로 가득 차 있다. 주인공의 기억 속에 잠복해 있던 상징은 해석을 원치 않던 기억들이다. 그러나 결국 해석을 내려야 했을 때 그 사물은 눈물로, 달리기로, 안개로 녹아내린다. '눈을 감거나 자지 않는 염소'는 우리가 본 적이 없는 동물이기에 신비하다. 그러나 정말로 죽음을 향해 달려가는 노인의 임종 장면을 지켜본 적이 있는 사람이라면 사람이 죽는 순간에는 진실로 눈을 감거나 자지 않는 염소의 모습을 하고 있음을 알고 있다.

진주현 작가는 내 오랜 친구이다. 나는 때로는 세상과 완벽히 겉돌고 있는 그녀의 고집이 염려가 되었다. 그러나 이 책을 읽고는 생각을 고쳐먹었다. 그녀는 어쩌면 글로 소통을 하려는 작정으로 세상을 향한 문을 닫고 있었을지 모른다는 생각이 들었다. 이런 방식이 아니고서는 그 수많은 감정을 드러낼 방법이 없으므로, 그 복잡한 가슴속 인생을 담아 낼 방법이 정말 없었으므로 입을 다물 수밖에 없었을 것이다.

이 책은 어찌 보면 우리 언어권에 살아가는 젊은 여성들이 겪는 가슴속 세계를 솔직히 드러낸 글이다. 동시대 우리나라 여성들은 섬세한 사건들을 시간을 두고 철학한다. 그리고 그것을 충분히 표현하지 못한 채 가슴에 묻어 둔다. 마이크로 세상의 세심한 감각이 상처를 스쳐 지나갈 때 우리는 작가의 말대로 '매일매일 배어 내야 하는 목재가 빼곡한 숲'의 총체가 된다. 정말이지 여성의 마음을 이토록 낱낱이 드러내 준 작가는 이제껏 없었던 것 같다.

그녀가 세상과 소통하는 일이, 폭포수처럼 쏟아져 내리길 바란다.

커피 먹는 염소

**초판 1쇄 찍은 날** 2016년 8월 22일
**초판 1쇄 펴낸 날** 2016년 8월 30일

**지은이** 진주현

**발행인** 한동숙
**편집주간** 류미정
**마케팅** 권순민
**디자인** 나무디자인 정계수
**공급처** 신화종합물류

**발행처** 더시드 컴퍼니
**출판등록** 2013년 1월 4일 제 2013-000003호
**주소** 서울 강서구 화곡로 68길 36 에이스에이존 11층 1112호
**전화** 02-2691-3111 **팩스** 02-2694-1205
**전자우편** seedcoms@hanmail.net

ⓒ 진주현, 2016

ISBN 978-89-98965-11-2  03810